世界最高の暗殺者、異世界貴族に転生する７

月夜　涙

JN092002

角川スニーカー文庫

22729

Illustration：れい亜
Design Work：阿閉高尚

Prologue

プロローグ　暗殺者は聖都に留まる

The world's best assassin, to reincarnate in a different world aristocrat

世界宗教とも呼ばれているアラム教。その総本山である聖都に滞在していた。いや、正しく言えばアラム教が用意した宿泊施設の部屋に軟禁されている。

今はベッドに腰をかけ書類に目を通していた。

教皇に化けてアラム教を操っていた魔族を倒してから、三日も経《た》ってしまった。俺としては早く学園に戻りたいのだが、けっして許されることはない。

理由は簡単。魔族が教皇に化けていたという事件はアラム教にとって存在が危ぶまれるほどの不祥事であり、当事者である俺を手元に置いておきたいからだ。

（さて、これだけの不祥事だ。本当にあんなやり方で覆い隠せるのか？）

先日、ようやく俺のほうに不祥事隠しの方策が示された。

なんでも俺を英雄にした物語をでっちあげ、輝かしい英雄譚《たん》で民衆の目をくらましてしまうそうだ。

（暗殺貴族として、有名になりすぎるのは困るが……アラム教は折れないだろうな。にしても、このストーリーは無理がないか？）

手元にあるのは、でっちあげられた英雄譚が書かれた書類。

いわく、教皇が魔族と入れ替わっていることに幹部たちは気づいていたそうだ。

だが、魔族の力は強大で、正体を指摘すれば魔族が本性を現し暴れてしまい、聖都にいる人々が皆殺しにされる……だから、アラム教の幹部たちはあえて気づかない振りをしつつ、表向きは反逆者として【聖騎士】ルーグ・トウアハーデを呼びだしたのだ。

そして、アラム教の幹部たちの支援のもと、ルーグ・トウアハーデはアラム教の巫女《みこ》、アラム・カルラと共に魔族を討った。

（よく考えたものだ）

こうすれば、俺を神の敵と認定し民衆の前で糾弾したことも、幹部たちのさまざまな悪行も、すべては魔族を倒すための策略だと言い張れる。敵を騙《だま》すにはまず味方から……そんな言い訳ができてしまう。

アラム教の幹部たちは、魔族に騙された無能で害悪な存在から、英雄に早変わり。

その物語にリアリティを持たせるためには、俺の協力が不可欠だ。

俺が口裏を合わせないと、この物語の信憑性《しんぴょうせい》を保たせるのは不可能。

（神の敵として処刑されかかった俺からすればふざけるなと言いたくなる）

かと言って協力しないわけにもいかない。

アラム教は多くの人の心のよりどころであり、無くなってしまえば世界が大混乱になる。

それは俺たちの国であるアルヴァン王国も変わらない。

アラム教には威信を保ってもらわないと困るのだ。

このシナリオ通りに動くのが、我がアルヴァン王国の国益にも繋《つな》がる。

アルヴァン王国の貴族としては、感情よりも国益を優先しなければならない。

（最悪の想定は、幹部たちがメンツにこだわり適当な罪状をでっちあげつつ処刑を強行することだったが、それに比べるとだいぶマシか）

奴らは何よりも見栄《みえ》と対面を気にするが、アラム教はある意味でとても現実的だった。

素晴らしい経営感覚。

だからこそ、世界宗教になったのだろう。

信仰だけでは、ここまでの規模の組織は運営できない。

そして、この筋書きは俺にとっても悪くないと言える。

どういう形にしろ、俺が世界宗教を敵に回したという事実は消えるのだから。

「ルーグ、ルーグってば」

俺を呼ぶ声がして、思考の海から這《は》い上がり、ベッドから体を起こした。

「ここ、私たちなんかが泊まっていいのかな？　ちょっと気おくれしちゃうよ」

小柄で、知的さと可愛《かわい》さが同居する美しい少女だ。よほど落ち着かないのか自慢の銀髪を指でしきりに弄《いじ》っていた。

彼女はディア。戸籍上は俺の妹となっているが、その正体は魔術の師匠にして恋人だ。

「ここのお宿って、そんなにすごいところなんですか？　贅沢《ぜいたく》な感じはしませんが」

ディアの言葉に反応したのは、金色の髪をした可愛らしい少女。男の悲しい性で立派な胸に目を引き寄せられてしまう。

彼女は俺の専属使用人にして、裏稼業では助手を務めてくれているタルトだ。

「もう、タルト。すごいに決まってるよ。だって、ここに泊まるためだけに、すっごい額を寄付する貴族や商人が後を絶たないんだからね」

「えっ、そうなんですか⁉　不思議です。そんないい部屋じゃないですし、お料理もあんまり」

タルトの言う通り、さほど豪華な部屋ではない。出てくる食事もせいぜい中の上。サービスも並。

だけど、ここの価値は他にある。

「タルトには、まだ宗教関係のことは教えてなかったな……すまない、教えておくべきだった。専属使用人には必要な知識だ。この場で教えておこう」

タルトは貴族の専属使用人。

つまり主に同行し、客の前に顔を出す立場だ。

使用人としての各種スキルはもちろん、主に恥をかかせないように一流の礼儀作法、また、貴族の会話についていくための話術と教養が必要となる。

ある程度の教育を受けた良家出身のものが、客前に姿を見せない下積みを最低三年は経験し、その後にエース格の使用人について補佐をさらに三年。本来なら、それが専属使用人の最低ラインとなっている。

ろくに教育を受けずに育ったタルトが、たった二年で暗殺者の助手と並行して専属使用人になるためには、血の滲《にじ》む努力だけでは足りない。

血の滲む努力でなんとかなるように、習得する教養の絞り込みを行っており、出会う頻度が高い貴族好みの教養を重視し、宗教絡みは軽くしか触ってこなかった。

「ルーグ様、すまないなんて言わないでください。私が勉強不足なだけです」

タルトが慌てて訂正をしてくる。彼女は自分を卑下する傾向が強い。

今まではそういう性格だと割り切っていたが、今後のことを考えるとこの悪癖は直したほうがいい。

「そうやってすぐに謝るのはタルトの悪い癖だ。自分が悪いと決めつけてしまえば、真実を見失うし、相手のためにもならない。人というのは、間違いを正しながら成長する……タルトが何もかも自分が悪いと決めつけたら、俺が成長できないし、俺が成長しないと俺の教えを受けるタルトも成長できない」

「その、ごめんなさい」

言った傍からタルトはまた謝る。この悪癖を治すには苦労しそうだ。どうしたものかと考えていると、ディアが口を開いた。

「もう、そこが駄目なところなの。主人を正すのも使用人の役目なんだからね。とくに専属使用人ならなおさら、ルーグのためにもがんばって」

「そうですね、その、ごめっ、いいえ、がんばります」

「うんうん、それでいいよ」

満足げにディアが頷《うなず》く。

ディアは小柄で幼く見えるが、頭が良く面倒見がいい。初対面のときからお姉さんぶっていたが、それは今でも変わらない。

最近では、私はお姉ちゃんだからねという口癖が、私は正妻なんだからねに変わっていて、しかもタルトやマーハの面倒を積極的に見ようとする節がある。

この件はディアに任せたほうが良さそうなので、この流れに乗ろう。

「期待している。タルトは最高の専属使用人だからな」

「ルーグ様が、私に期待してくださっている……その、命がけでやります！」

タルトが握りこぶしを作る。

この様子なら大丈夫だろう。

俺も改めないと。

もはやタルトは即席培養の専属使用人ではない。

本物の超一流の専属使用人を十分目指せる。

今までその場を取り繕うことを優先して取りこぼしたものを、これから少しずつでも教えていかなければ。

「さてと、じゃあ早速、この建物がどう特別か説明しよう。この建物は聖都の中でも神聖視され、神の家と呼ばれている。招かれるのは神の客だけ。ここに泊まったというだけで実質的に世界宗教であるアラム教に認められた特別な人間ということになって箔《はく》がつく。女神の祝福が受けられるなんて話もよく聞く」

「そうだったんですね。でも、さっきディア様が言ってましたよね、すごいお金を積むって。そのお金で買えるものなのに、神様に祝福を受けられるって疑問に思わないんですか？」

鋭い指摘だ。

こういう指摘がタルトから出ると思わなかった。

いや、純粋だからこそ本質が見えているのだろう。

「大貴族ほど金を払って、ここに泊まる。そうなれば、金を払った大貴族たちはそれを誇るだろう？　大貴族が誇れば、それが貴族社会の常識に変わる。そういうものだと誰もが思い、あとに続くんだ」

タルトが神妙な顔で頷く。

「それに、金を払うことが功績だっていうのもあながち間違ってはいない」

「どういうことですか？」

「アラム教は、世界各地で炊き出しをしたり、孤児院を運営したりしている。そういうのは寄付金があるからこそできるんだ。金持ちが払った金がめぐりめぐって人を救う。つまり、金を出している人ほど多くの人を救っている」

金を出せばそれでいいのか？　そう言う者は多いが、実際に金で人は救われる。

貧乏人が善意でのボランティアに打ち込むより、金持ちの気まぐれで投げられた大金のほうが何百倍もの命を救うこともある。

「そう考えると、お金で神様に認められるのも納得できます！　あれ、ディア様は納得がいかないんですか？」

「うん、屁理屈《へりくつ》に聞こえるんだよね」

「実際に金持ちの見栄で助かっている命がたくさんあるんだから、それは手放しに誉《ほ》めるべきだ」

金持ちの見栄、それで命を救えるシステムは手放しに誉めてやりたい。

金持ちは虚栄心を満たし、貧困者は命を救われるなんて、これ以上ない win-win だろう。

……もっとも、寄付金の七割はアラム教関係者の懐に消えると言われているが。

それでも三割はきちんと世のために出回る。

宗教関係者というのは、恨みを買いやすい。

前世で何度か宗教家を暗殺のターゲットにし、そのたびにいろいろと調べた俺の感覚からすると三割も活動費に回しているのは良心的だ。

例えばだが、大々的にCMを打っている、とある宗教は八割を着服。

二割は活動費。

その活動費も教えを広めるための広報にほとんど消える。

大企業の売り上げ並みの寄付金を集めて、一人として救われていない。

「私は貧乏だったからわかります。食べ物は食べ物です。お腹《なか》が空《す》いて死にそうなとき、その食べ物がどういうふうに用意されたかなんて、どうでもいいです……ただ、食べたい」

口減らしで捨てられたタルトの言葉には強い説得力がある。

「ごめんね、うん、そうだよね。救われる人の気持ちを想像できてなかったよ」

「アラム教は優秀だ。金持ちの見栄で人を救うシステムを作ったんだから。というわけで、本来ここに泊まれるのは金持ちだけなんだ。そして、その証《あかし》に特別な聖具をもらえる」

「どういうものがもらえるんですか？」

「アラム教の司祭が祝福をした宝石を埋め込んだ首飾り。貴族のパーティでもこれ見よがしに見せびらかしている奴《やつ》らをよく見るよ」

細工自体はとてもいいものだが、宝石そのものは粗末なもの。

そんな安物を、自慢げに大貴族やら大商人がパーティで誇らしげに見せびらかすのだから、宗教というのは面白い。

「そんなものまであるんですか？」

「じゃないと、大金を払った貴族たちが自慢し辛《づら》いだろう？　嘘《うそ》をついて見栄を張る奴らへの牽制《けんせい》でもある。ここに泊まったって口ではいくらでも言える。だけど、形に残るものがあれば嘘が通らなくて、仕方なく本物を得るために高い金を払うというわけだ」

「商売熱心ですね」

「宗教家というのは、下手な商人よりよほど商魂たくましい。大きな宗教団体ほどその傾向が強いな。なにせ、宗教団体を大きくするには莫大《ばくだい》な金、ありとあらゆる権利を諸国に認めさせるタフな交渉、権力者に取り入る人心掌握術が必要不可欠。そのどれもこれもが一流の商人に必要なものだ」

教えを説いて感動させるだけでは、宗教活動は維持できない。

宗教団体の規模と金儲《かねもう》けのうまさは比例する。

「あっ、ルーグ。ちょっと思ったんだけど、その聖具をたくさん作ったら、ものすごく儲かるんじゃないかな」

「ディア様、だめですよ。罰が当たります」

「そうかな？　神様ってそんな暇じゃないと思うけど」

アラム教が祀っている、あの白い女神を思い出す。

あの白い女神は、俺に話しかけるだけで世界を維持するリソースを食ってしまうと滅多《めった》に出てこない。

たかだか、自分を崇《あが》める宗教の利益を害しただけで、いちいち神罰を与えるなんてありえない。割に合わなすぎる。

しかしだ……。

「罰は当たるな。アラム教絡みのものを無許可で作れば、もれなく神敵認定だ。ましてや、アラム教の聖印を彫り込んだ宝石を使っている。

聖印を無断で使うなんて一発アウト。ばれたら、アラム教を主教にしている国ではどこでも死刑だな……実際、過去には居たんだよ。そういう馬鹿が」

「すごい俗物的な神罰だね」

「言っただろう。でかい宗教団体ほど商売がうまい。しかも、神のためっていう最強のカードがある。そこに喧嘩《けんか》を売れば、そうなるだろう」

商人は自分の利益を侵すものを許さない。

「ありがとうございます。ものすごく勉強になりました。もらった聖具は大事にしますね……いざという時の逃走資金用に！」

俺とディアは目を見合わせて、それから声を出して笑う。

「そうだな、たしかに逃走資金としては最高だな」

「だよね、嵩張《かさば》らないし、ものすごいお金になるし」

暗殺貴族なんて物騒な稼業だ。

いつ王家から蜥蜴《とかげ》の尻尾切りに遭うかわからない。

だからこそ、国内外にある程度の資産を分散させて隠してあるし、セーフハウスや別人の戸籍なんてものをディアたちの分を含めて用意してある。

とはいえ、セーフハウスまでたどり着くのもそれなりに苦労するだろう。突然、尻尾切りに遭い、資産を回収する暇すらないかもしれない。

聖具は常に身につけておけるし、いつでも高値で売れる。さらには同じものが世界に溢《あふ》れているから、売ったところで売り主が特定できない。これ以上ない逃走の資金源といえる。

ヤクザがロレックスの時計を身に着けているのと同じ理屈だ。

そろいもそろってロレックスを愛用するのは見栄《みえ》ではない。ロレックスほど持ち運びが容易で買い手が見つけやすく、速やかに大金に変換できるものはないからだ。

「そういう発想がタルトからでるとはな……たくましくなったな」

「その、私、変なこと言いましたか？」

「いや、褒めてる」

タルトはその生い立ちから、言われたことしかできない、自分で考えることができない、そういう弱点があった。

だけど、自分を取り巻く状況を考えてこんなアイディアが出せるなら、問題ないだろう。

褒めているのに、からかわれていると思っているタルトが少し拗《す》ねる。

それがおかしくて笑うと余計にタルトが拗ねた。

どうやって場を治めようか？　そんなことを考えているとノックの音で思考が中断される。来客の正体はアラム教の助祭だ。彼は俺たちの世話役をしてくれている。

「【聖騎士】様、枢機卿《すうききょう》の方々がお呼びです」

枢機卿というのは、アラム教の幹部たちの役職名で、教皇に次ぐ立場のものたちだ。

「すぐに行く。ディア、タルト、帰ってきたら食事に行こう。神の家の食事はありがたいかもしれないが物足りない。そろそろ、うまいものが食べたいんだ」

「あっ、いいね。それ。薄味で野菜ばっかだもん。塩がしっかり利いた肉が食べたいよ」

「その、私もです。ここのは量が足りません」

アラム教の幹部……枢機卿たちとの話は面倒だ。

この後のディアたちとの楽しい食事を励みに頑張るとしよう。

Episode1

第一話　暗殺者は嘘を受け入れる

The world's best assassin, to reincarnate in a different world aristocrat

枢機卿に呼び出されて向かう先は大教会だった。

聖都の中心に位置し、アラム教のシンボルになっている。

俺たちが泊まっている宿と同じように、足を踏み入れただけで一生自慢できる場所だ。

観光客たちは大教会に立ち入ることができず、遠巻きに見るか、この街にいくつかある別の教会で祈りを捧《ささ》げることしか許されていない。

そして、いつか大教会に足を踏み入れることを夢見て徳を積む。

案内してくれているのは、背が高く丁寧な物腰の青年で、立場としては助祭に当たる。

「【聖騎士】様、相手は枢機卿の方々です。失礼のないように」

「心得ております」

微笑《ほほえ》み返す。

アラム教の階級は、教皇がトップに君臨し、上から枢機卿、総大司教、大司教、司教、司祭、助祭となる。

いわゆる教会の神父様というのは司祭か助祭。司教は街の教会を束ねる立場で、そこから上の役職は教会全体の意思決定を行う幹部となる。

巫女《みこ》のアラム・カルラは組織図に組み込まれていない。シンボルであり、権力を持たない。

今回俺を呼び出した枢機卿たちは、トップたる教皇を除けば、最高位。

本来なら、俺は一生口を利くこともできない相手。

先日までは、彼らに対し相応の敬意はあったのだが、数日前に俺を罪人だと糾弾した相手であると考えると、その気持ちも薄れる。

（とはいえ、アルヴァン王国の貴族としてはおかしな振舞いもできない）

俺はアルヴァン王国の代表として会議に出席する。

本国からこの場に相応《ふさわ》しい交渉役を派遣すると聞いているが、まだ合流出来ていない。

これは国家の命運を左右する議題。俺のような子供一人に任せられるような話でもない。

できれば、本国の意志を受けた交渉役と事前に打ち合わせをしておきたかったが、到着がぎりぎりになるらしい。

俺のするべきことは、その交渉役の顔色を窺《うかが》い、そこに調子を合わせることだけ。

枢機卿に何を依頼されようが、俺の意志で判断はできないし、してはならない。

（せめて、教官がそばにいてくれたら）

責任者が他にいてくれれば気が楽ではあった。

俺が一人でここにくる羽目になったのは、教官たち大人が大教会に足を踏み入れる資格がないと言われたからだ。

（意図的なものかもしれないな）

筋は通っているが、その裏にアラム教側の作為が見え隠れする。

所詮強くとも子供、丸め込むのはたやすい。邪魔ものはなるべく排除したいと考えている。

おそらくは会議の場でも、交渉役よりも俺を狙い、失言を誘い、言質を取るという手法を使うだろう。

枢機卿が相手というのは厳しい。大きな宗教団体は一流の商人の集まり。そして、その中で上にいくには政治的手腕、諜報《ちょうほう》、コネ、金が必要。出世に徳の高さやら信仰なんて関係ない。

巨大宗教で枢機卿にまで上り詰める連中なんてのは妖怪の類だ。

わたり廊下で、見知った顔と合流する。

「ご苦労だったねルーグくん。私が来たからにはもう安心だよ」

非人間的なまでに美しい容姿。自らの髪と同じく紫という高貴な色を中心に仕立てた装い、それを見事に着こなす美丈夫。

人としての最高峰を目指し、数百年かけて優良種を組み合わせた品種改良を行ってきた一族の長《おさ》。四大公爵家家長が一人、ローマルング公爵が目の前にいた。

「お久しぶりです。ローマルング公爵」

「君こそ、あんなことがあったのに元気そうで何よりだ。君に何かあったら、トウアハーデ男爵に申し訳が立たない」

「そう思うのなら、処刑騒ぎのときに助けてほしかったです。あなたの情報網なら、ここに呼び出される前に、事のあらましは摑《つか》んでいたでしょうに」

俺が聖都に来た理由。それは今までの魔族討伐を称《たた》える……という名目で、女神の言葉を騙《かた》った罪での処刑。

その一歩手前まで追い詰められ、ギロチン台に立たされた。

「ああ、そうだね。情報を摑んでいたよ。でも、それは君もだろう？　ネヴァンという私への伝手《つて》があっても頼ってこなかった。それどころか、罠《わな》と気づきながらも、嬉々《きき》として突っ込んでいったじゃないか……ならば君は私の力など必要なく自分で解決できると判断するべきであろう？　事実、その窮地を自力で跳ね返した」

さらっと凄《すさ》まじいことを言う。

俺は小国であれば買えるほどの金をかけて通信網を構築し、ならばこそ情報を物理的に運ぶこの時代では考えられない速度で情報を集めることができる。

だが、ローマルング公爵はそういうズルをしないでも、同等の情報収集能力を持っているのだ。

やはりこの男は敵に回したくはない。

ありがたいことに今回は味方であり、これ以上に頼りになる男はいない。

「来たのがあなたで良かった。全て任せてしまえる」

「うん、そうしてくれたまえ。君は優秀ではあるが、あくまで現場の人間だ。国政の話はまだ早い」

それは事実だ。

情報網を含め、ありとあらゆる手段で情報を集め、分析することで現状の把握はできる。

だが、アルヴァン王国が描く未来図、戦略は中の人間にしかわからない。

視点によって正解は変わる。現場視点で正しいことも、大局を見れば間違っているということは多い。

「ええ、会議では足を引っ張らないことだけを考えます」

「やはり、君はいい。是非ともネヴァンを孕《はら》ませてほしいものだ。君の種ならば最高のローマルングを生み出すことができるだろう。いよいよ、我が一族の宿願、人類の最高傑作に届くかもしれない」

「そちらの話はまた別の機会に。ついたようです」

妖怪たちが待つ会議室。

さてと、いったい何を言い出すことやら。

◇

会議室……どうやら、アラム教での呼び名は別にあるそうだが、案内をしてくれた助祭は俺たちにわかりやすいようにただ会議室と呼んだ。

その中を見て感心する。

（人間の心理を利用してある。科学的な根拠に基づく設計）

人間の得る情報の九割は視覚。

ゆえに、視覚を操れば心を操れる。

この部屋は、見るものに畏怖を与えるため最適な計算が行われていた。

机一つとっても、その形状、配置、それを照らす照明の色合い、光度。すべてが理に適《かな》っている。

驚いた。心理科学なんて学問はこの世界にないはずなのに。おそらくは試行錯誤だけでこの形状にたどり着いたのだろう。凄まじい積み重ねと執念を感じる。

ただ女神の声が聞ける少女を手元に置いていたから世界宗教になったわけではなく、その武器を使いこなしたことで成長してきたのだと思い知らされる。

アラム教側で席についているのは七人。全員が枢機卿。

一人一人が、複数の国の教会関係のすべてを掌握し、それぞれの国にある教会と信者すべてを意のままに操れる、そういう立場の人間。

アルヴァン王国は大国なれど、アラム教からすれば、俺たちはたかだか一国の貴族に過ぎない。自分たちのほうが立場が上だ……そう視線と態度で伝えてくる。

「【聖騎士】ルーグ・トウアハーデ。此度《こたび》は見事な働きだった」

……そういう立場の違いは理解しているのだが、あれだけの失態をしてもなお上から目線なのは恐れ入る。

「ありがたきお言葉」

突っ込みを心の中で噛《か》み殺《ころ》し、一礼をして、下働きを任されている助祭に促されて席につく。

「ローマルング公爵も、遠いところをご足労だった。座り給《たま》え」

微笑をしたまま一言も発さず、ローマルング公爵は席につく。

「さて、此度の魔族の襲撃。何も知らぬものが見れば、我がアラム教の失態に見えてしまう。教皇に化けた魔族を討つために、我らはあえて身内すら騙していたとはいえ……嘆かわしいことだ」

枢機卿《すうききょう》たちの視線が俺に集中する。

それだけで彼らの意図が伝わった。

彼らは、俺に口裏を合わせろと頼んでいるわけではない。

事実がそうだと言っている。

似ているようだが、違う。

嘘《うそ》をつけと言っているのと、嘘を事実にしろと言っているのとでは対応を含め、何もかも変わる。どう答えればいいものか……

ローマルング公爵はただ笑い、俺に向かい黙っておくようにと合図を送った。

アルヴァン王国の貴族は、独自のサインを教養として身に付ける。他国で突発的に秘密《ひみつ》裡《り》の意思疎通が必要になったときのためだ。

(なるほどそういうことか)

俺は指示通りに微笑みを作り、ただ聞いている。

すると、枢機卿の仏頂面が少し歪《ゆが》む。

「君も知っての通り、我々は教主が魔族に乗っ取られたと気づいていたのだ。しかし、それを指摘すれば魔族が正体を現し、聖都が火の海になる……魔族を倒せるのは勇者か、やはり聖【聖騎士】である君だけだ。助けを呼ぶにも、その動きを教皇に気取られれば、聖都は火の海。無垢《むく》な民たちの命が散る。ならばこそ君を処刑するという名目で呼ぶしかなかった。魔族を幾度も退けた君の処刑であれば、教皇に化けた魔族は喜んで協力する。邪魔者が消せると」

黙れのサインはまだ続いている。

それに従う。

「今まで何体もの魔族を倒した君のことを、我々は評価している。そんな君に一時とは言え罪を着せ、糾弾したことは胸が痛んだ。だが、そうでもしないと、あの魔族を騙せなかったのだ！」

演技に熱が入る。

さすがは本職。人の心に訴えるのがうまい。

完全に自分を騙しきっている。もはや嘘をついているという自覚すらないだろう。

「そして、君は我々の期待に見事応えてくれた。さすがは我らが【聖人】と認定するだけのことはある！　君が史上八人目の【聖人】となったことを広めなければならない。そのためにも、正しく、今回のあらましを広めねばならないのだ。協力してくれるね？」

そして、嘘を事実だと言い切りながら、餌をぶら下げて来た。

教会から認定された【聖人】ともなれば、直接的に権限が与えられるわけではないが、アラム教を主教としている国々では、ありとあらゆることが許される。

それこそ、神の現身《うつしみ》として扱われる。

それはどんな金銀財宝より価値があること。小国の王などよりよほど発言力がある。

……まあ、そんなものに興味はないが。そういうものはセットで災厄を運んできて面倒なことになってしまう。

視線は向けず、視界の先でローマルング公爵を見る。新たなサインが出た。

それは同意しろというものだ。

「かしこまりました。では、指示の通り動きましょう」

「うむ、わかってくれたか。君の【聖人】認定は華々しく行おう。近隣諸国の貴族、教会関係者、商会に声をかけて大きな祭りにする。一週間後と時間はないが、過去に例のないほど華々しいものになる。すべては君のためだ」

白々しい。

すべてはアラム教のためだ。

スキャンダルを塗りつぶすために、その不自然さに気付かれないようにするための目くらまし。

おそらく、この企《たくら》みはうまくいく。

魔族の討伐は民の悲願。それを成した俺を【聖人】として認定するというニュースはあまりにも眩《まぶ》しい。

「君はこういう経験が少ない。我々のほうで、君が口にするべき言葉を用意した。認定式の際は一言一句こちらを読み上げたまえ」

助祭が分厚い台本を手渡してくる。

中身を速読するが、徹頭徹尾、アラム教のために作られている。とはいえ、俺が文句を言わないように俺の不利益になるセリフがないのは良心的と言える。

「これで議題は終了。よろしく頼むよ」

……あまりにもあっけない。

そう思った矢先、ローマルング公爵が手を挙げた。

「我がアルヴァン王国は、ルーグくんが協力することに同意をしましょう。ですが、タダというわけにはいきません。あなた方のためにリスクを負って嘘をつくのだから、相応の対価をいただきたい」

そう言うと、鞄《かばん》から人数分の資料を出して配る。

中身を見て苦笑しそうになった。

ぎりぎりだ。

教会の権力で可能な、アルヴァン王国にとって益となる条件が箇条書きにされていた。

それは教会にとって認めるのは厳しい……厳しいが、ここで揉《も》めるリスクを考えると許せなくもない、そういう絶妙なラインで設定されている。

「嘘とはなんだ」

「言葉の通りです。あなたがたは魔族にいいように踊らされていた。それをルーグくんの機転で乗り切ったにすぎません。大衆向けに、あなた方の作った物語を語るのはいいですが、アルヴァン王国とアラム教の間では、真実はきっちり、真実として残しておかないと」

ローマルング公爵の笑顔は、非人間的なまでに美しい。

なのに見ていると、すべてを見透かされているように心が凍り付く。

「嘘もなにも、すべて事実だ」

「あなた方は雑です。魔族にいいように踊らされたとき、それぞれが教皇に恩を売ろうと暗躍しましたよね？　功を焦ったばかりに、その物語と食い違う証拠がこんなにもあるのですよ。これに気付いているのは我がアルヴァン王国だけではない」

追加で資料をローマルング公爵が出した。

それを見て驚く。

……この資料はオルナの情報網が集めたものをベースにしている。そのうえ、要点のまとめかた、資料を作る癖から間違いなくマーハがこの資料を作ったとわかる。

ネヴァンが、通信網とその管理責任者であるマーハについて話したのか？

いや、違うな。ネヴァンの性格的にあり得ない。

彼女が黙っていると約束した以上、通信網の存在と管理者であるマーハのことを絶対にばらしたりはしない。

なら、ローマルング公爵は通信網に気付き、マーハという情報網の急所を突き止めたのか？

動揺でポーカーフェイスがひび割れそうになる。

化け物だと思っていたが、これほどとは。

そして、彼を化け物と思っていたのは俺だけじゃない。ローマルング公爵の用意した資料を見て、枢機卿たちが青ざめていた。

ローマルング公爵はそこに追い打ちをかけていく。

「ね？　これが万が一にも表に出たらまずいでしょう？　とくにルーグくんがせっかく助け出したアラム・カルラに対する暗殺依頼の数々。よほど教皇に取り入るのに夢中だったのか、隠蔽が雑でしたよ。簡単に依頼者があなたたちだとたどり着きました。アラム教は世界宗教。ですが、国によっては、わずらわしく感じている。こんな情報が出回ると困りますよね？」

「無礼だぞ！　たかだか一国の貴族の分際で我々を脅しているのかね！　我々がその気になれば、アルヴァン王国など三日で潰せる！」

聖人の化けの皮がはがれて、権力に取りつかれた小物が顔を出した。

だが、問題があるとすればアルヴァン王国を潰せるというのが厳然たる事実であること。アラム教は大国のほとんどを動かせるのだから。

「いいえ、我がアルヴァン王国は協力しようと言っているのです。あなた方の嘘を広めるために協力し、あなた方のしでかした雑な事件の証拠を抹消すると。断言してもいい、私たちが協力をしなければ、リークするまでもなく、あなた方の作った物語は破綻する。認めてしまいましょうよ。嘘だと」

アルヴァン王国が嘘と認めさせたい理由。それは、アラム教に対する貸しを作れるからだ。

事実を広めるだけであれば貸しにはならない。

だが、嘘に協力するとなればこちらも相応のリスクを負うこともあり、大きな貸しになり、弱みまで握れる。

アラム教に対する貸しと弱みの掌握。その価値は計り知れない。

危険な交渉だ。あまりにも追い詰めすぎるとアラム教にアルヴァン王国が敵として認識される。

綱渡りの交渉。

ローマルング公爵は、今切ったカードであれば渡り切れると確信を持っているが、俺にはできない芸当。

こうやって追い詰めること自体はできるだろう。なにせ、彼の切ったカードの情報を集めたのは俺の部下であるマーハだ。しかし、こういう勝負にでる度胸はないし、勝てるという確信など得られようはずがない。

長い長い沈黙のあと、からからに涸れた喉から枢機卿が声を絞り出す。

「良いだろう。条件を呑《の》む。我らの筋書きに協力してくれたまえ」

嘘と言わなかったのは彼の意地。

だが、この交渉は完全にローマルング公爵の勝利と言える。

彼は綱を渡り切ったのだ。

「ありがとうございます。アラム教とアルヴァン王国、双方の繁栄のために力を尽くしましょう」

悪魔が笑う。

（まったくやってくれる）

これが終わったら彼と話をしないと。マーハの存在を知った彼がそのカードをどう使うか。それを知っておかなければならない。

Episode2

第二話　暗殺者は魑魅魍魎に挑む

The world's best assassin, to reincarnate in a different world aristocrat

会議を終えて大教会から出る。

そして、ローマルング公爵行きつけの店に行くことになった。

約束があるし、夕食までに帰りたいところだが公爵家、それも四大公爵家を無下にすることはできないし、マーハのこともある。

案内されたのは、個室があるところを除けばいわゆる普通の喫茶店だ。

「この店は、アルヴァン王国出身の店主がやっていてね。いろいろと融通を利かせてくれるのだよ」

仕事柄ここにはよく来るのだろう。

密談をするにはちょうどいい。

俺たちのあとに入った客が、満席だと言われて文句を言っている。すごい剣幕《けんまく》だ。

「ああいう対応込みで、この店を選んだわけですね」

「その通りだよ。あまり聞かれたくない話もするしね」

騒いでいる客は、大教会を出てからずっと俺たちを尾行していた。

十中八九、アラム教の手の者だろう。

あまり俺たちのことを信用していないようだ。

アラム教の名前を出せば、無理やり押し入ることもできるのだが、あれで正体を隠しているつもりのため、それもできない。

そんな彼らを後目に奥の部屋に案内される。

「お疲れ様ですわ。ルーグ様」

「この度はご迷惑をおかけしました」

先客がいる。一人は予想通り、もう一人は想定外。

ローマルング公爵の娘、ローマルングの最高傑作、ネヴァン。そしてアラム教のシンボル、アラム・カルラだ。

アラム・カルラのほうは女神に姿を似せるための化粧を落とし、かつらも被っていないのでどこにでもいる町娘のように見えてしまう。

「今は、ローマルング公爵家がアラム・カルラを保護しているんだったな」

「正確には、アルヴァン王国の大使館ですわ」

アラム・カルラは命を狙われ、危ういところを俺が助け出した。

そのため、徹底的に彼女に危険がないかを探ってから元居た場所に帰すことになっている。

これはアルヴァン王国側からの申し出だ。

いったいどうやって、そんな条件を呑ませたのか……裏ではそうとうやりあったのだろう。

「アラム・カルラ、元気そうでなによりだ」

「ルーグ様もお怪我《けが》がなくて良かったです」

アラム・カルラのことは心配していたが、ネヴァンがうまくやってくれていた。

「もう、私のことは心配してくださらなかったの？」

「ネヴァンは何が起ころうと自分で切り抜けるだろうに」

同年代であれば、間違いなく俺が出会った中で最強の存在。

頭脳明晰《めいせき》で身体能力が高い……そして頭がいい。頭がいいとは計算能力やら記憶力うんぬんではなく、要領が良く、正しい行動を取れるという意味だ。

この年齢で、この完成度というのは恐ろしい。転生者じゃないかと疑ってしまう。

「それで、どうしてこの二人を呼んだのでしょうか？」

俺はローマルング公爵に問いかける。

「娘の恋路を応援するためでは納得ができないかい？」

茶化《ちゃか》して言う。

それは冗談だけど、半分以上本気でもあるのだろう。

ローマルング公爵の目的は最高の人類を生み出すこと。優秀な血を取り入れることに心血を注ぐ。

そして、親娘ともども俺を買ってくれている。

「あいにく、それだけだとは思えないので」

「うむ、その通りだ。まあ、あれだね。アラム・カルラにお願いをしたいことがあって、内容が内容なだけに君がいてくれたほうが都合がいい。娘はその護衛だよ」

ネヴァンは、アルヴァン王国の姫、その影武者でもある。

だからこそ、アラム・カルラとも面識があり、友人と呼べる関係だった。

そのおかげで、誰よりも早くアラム・カルラの窮地を知ることができたのだ。その彼女ほど護衛に相応《ふさわ》しい存在はいない。

「ルーグ様には深く深く感謝しております……それに、世界で唯一の仲間ですから、どんな協力でもしますよ」

ローマルング公爵が口角を吊《つ》り上げる。

「仲間……女神の声を聞けるもの同士というわけだね。驚いたよ、ルーグくんのそれは、あの例の魔族を殺せるようにする魔術を広めるための方便だと思っていたのだけどね」

怖いことに当たっている。

俺は女神の声を聞けるが、【魔族殺し】の術式に関しては女神は関与していない。

便利だから女神を利用した。

「女神の声を俺も聞くことができるのは本当ですよ」

それを聞いたネヴァンが微笑《ほほえ》み、口を開く。

「聞けることは間違いないですわ。でも、ルーグ様が女神から聞いたすべてを公表しているか、はたまたルーグ様が発した女神の言葉がすべて真実かは別問題だと思っていますけど」

父親もそうだが、娘も鋭い。

意図的にさせているミスリードを見抜いてくる。

「私としては、女神から聞いた言葉を伝えているとしか言いようがないですよ。それより、ローマルング公爵。アラム・カルラ様にお願いするのでは？」

「ああ、そうだったね。では、アラム・カルラ様。アルヴァン王国の公爵として、そしてルーグくんの友人としてあなたに頼みたい。あなたにはどんなときもルーグくんの発言を肯定してほしい。これから、状況次第ではアラム教は敵に回る。それでも、あなたが味方であればルーグくんが正義となる」

アラム・カルラはただのシンボルで権限はない。

女神の声を聞けるのは彼女と俺だけではあるが、それが彼女でないとアラム・カルラになれないというわけでもない。

女神の声を本当に聞ける必要などない。アラム教にとって都合のいい言葉を女神からの言葉だと嘘《うそ》をつく操り人形が居ればそれでいいのだから。

先日は、その一歩手前まで行った。しかし、そのことが逆に今のアラム・カルラの立場を強固にした。

魔族が偽者を用意したという事実が、再び偽者を用意するという手を使いにくくする。

なにせ、最近偽者が用意されたばかりなのに、昨日の今日でまたアラム・カルラが行方不明になり、新たなアラム・カルラが生まれて、いったいだれがその言葉を信じるのか？

アラム・カルラの代替は利かず、彼女が味方であるというのは大きな武器になる。

「もちろんです。約束します」

アラム・カルラが俺の手をぎゅっとにぎって、真っすぐに俺の目を見て頷いた。

それを見た、ローマルング公爵が苦笑いをした。

「ルーグくんはモテるね。私の娘の次は、アラム教の巫女《みこ》まで恋に堕《お》とすのだから」

「そっ、そんな、私のルーグ様への想《おも》いは、そっ、そういうのではなく、恩人としての感謝と、尊敬です」

慌てて否定するが、とてもわかりやすい。

アラム・カルラであり続けるためだけに生きて来ただけに、そういうこととは無縁だったのだろう。

助け船を出す。

「ローマルング公爵、アラム・カルラ様に失礼ですよ。とても私の身分では、アラム・カルラ様とつり合わない」

アラム・カルラがほっとしたような、残念なような複雑な表情を浮かべた。

俺は彼女の気持ちに気付かない振りをする。

俺が彼女を受け入れることはないし、拒絶することで彼女を傷つけ、協力してもらえなくなるのは避けたい。

その程度のこと、ローマルング公爵ならわかっているだろうに、わざわざ焚《た》きつけるとは、どういうつもりだ？

「良かったですわ、ライバルが減って。私は本気ですので、婚約の件、ちゃんと考えてくださいな」

「そのことについては、以前お話しした通りです」

「つれないですわね」

悪い話ではない。

ネヴァンの場合、俺が好きなわけではなく、単純に強い血が欲しいだけだろう。その義務を果たせば何をしてもいいし、トウアハーデとして対価を求めれば相応のものを得られ、トウアハーデはより繁栄する。

だとしても受け入れる気はない。それはディアたちへの想いからだ。

「では、用事は済んだ。茶と菓子を楽しむとしよう」

彼が指を鳴らすと、茶と菓子を持ったウエイターたちが現れた。

見たことがある顔。ローマルング公爵家の城にいたはずだ。

なにが、アルヴァン王国出身の店主がやっているだ……この店はローマルング公爵家に連なるものの店だ。

「ええ、そうしましょう。ルーグ様もよろしいですわね？」

「もちろん、構いません。こちらからも聞きたいことがありますし」

俺がここについてきたもう一つの理由。

さきほどの会議で、ローマルング公爵がマーハの作った資料をもっていた件を問いただ さないといけない。

「うん、いいよ。マーハくんのことだよね。彼女はいいね、ネヴァンが男だったら、うちにほしいぐらいだ」

やはり、マーハのことに気付いていたか。

「なぜ、マーハが俺の情報網、その中核だと気づいたのでしょう？」

情報網に気付かれること自体は想定していた。

だが、その管理人にたどり着くとは思っていなかった。

「君が彼女に心配をかけすぎたせいかな。普段は完璧に気配を消しているけど、ひとたび君がピンチになると、彼女は君を救おうと頑張りすぎる。痕跡を消しきれなくなるぐらいにね……それをうちの諜報部《ちょうほうぶ》は見逃さない。それだけの話だよ。まあ、心配はないさ。ローマルングじゃなければ気付けないレベルだからね」

簡単に言ってくれる。

たしかにマーハは俺のこととなると無茶《むちゃ》をする。しかし、痕跡を残すような真似《まね》はしない。

だが、ローマルング公爵相手であれば話は別。痕跡とも呼べぬ些細《ささい》な残り香に気付き、そこから足りないものを埋めていく。

「それを知った次は？　俺に対する要求は？」

マーハは替えが利かないし、安易に動かせはしない。

俺の資金と情報、その心臓。マーハを守るためなら、どんな代償でも払う。

「なにも。弱みを握ったとすら思っていない。君を虐《いじ》めて力を削ぐのは国益に反する。ローマルング公爵家は、最高の人類を生み出すことを至上にはしているけど、アルヴァン王国の貴族としての自覚はある。そんな真似はしない」

何も要求してこない。

逆にそれが怖い。

いつでも、俺を追い込める状態なのだから。

「あっ、そうだ。強いて言えば、一つだけお願いがあるよ」

「……なんでしょう」

「困ったことが起こったとき、君たちの言う通信網、一瞬で街から街へ情報を伝えるアレを使わせてほしい。なに、一度だけでいいよ。あれはすごいね。今回の会議で使った資料。あれほどのものは我々にも作れなかった。マーハという子に感謝しているよ。助かった」

その条件は、ちょっと耳にしただけだと何でもないことに聞こえるが、かなり重い。

「いいでしょう。街に配置している諜報員の情報を伝えておきます」

いつでも通信網を使えるようにしろとは、それを街で運用している諜報員の情報を伝えるということ。

なにせ、通信網を構築する交換機の場所を教えることや、交換機に繋ぐための通信端末の実物なんて渡せない。となれば、通信端末を扱う人のほうを教えなければいけなくなる。

「悪いね」

「気にしないでください。ですが、我々の通信網を使うときにはお気をつけください。通信網を使うすべてのものが、その話を聞くと思っていただきたい」

「うん、それも聞いているよ」

最後の最後に嘘を言う。

マーハも同じ嘘を言ったようだ。

通信網はチャンネルを切り替えることで、情報を聞かせる相手を制限できる。そこは隠す。

「ルーグくんの通信網、隠すのはもったいないと思うけど。あれは世界が変わる発明だよ」

「でしょうね。情報を物理的に運ぶという制約はあまりにも重い。それが世界の発展を妨げている」

「あの技術、公表しちゃいなよ」

俺は静かに首を横に振る。

「あれは世界を変えすぎる。あんなものを公開すれば、良くも悪くも世界がひっくり返る。今の安定を失う」

俺がそう言うと、例の氷の笑顔でローマルング公爵は微笑み、わざとらしく拍手した。

「ああ、やっぱり君はいい。かしこいよ。良かった。本当に良かった。ここでもし君が、あんな爆弾を世に出すなんて言ったら……私はこの国を守るものとして、君を殺さないといけなくなるところだった」

「冗談……ではないでしょうね」

「もちろんだとも。君だから、公表しないという言葉を信じるんだからね。そうじゃなければ問答無用に殺して闇に葬っているよ」

乾いた笑みを貼り付け、茶で喉を潤す。

そして、ますますネヴァンの気持ちは受け入れられないと感じた。

この人が義父になるなんてごめんだ。そんな生活、耐えられそうもない。

これからも今まで通り、敵に回さず、かと言って近づきすぎない、そんな距離を保たせてもらう。

Episode3

第三話　暗殺者は祭り上げられる

The world's best assassin, to reincarnate in a different world aristocrat

あれから、真っすぐに借りている部屋に戻り、ディアとタルトを連れて外に出る。

相変わらず、監視がついている。

もう少し、尾行がうまいものをつけてほしいものだ。

「すっごい疲れた顔をしてるね。いっつも涼しい顔しているルーグらしくないよ」

「精神的にかなりきつかったんだ」

「枢機卿《すうききよう》相手だもん。仕方ないよ。あの人たちを呼ぶときは猊下《げいか》って言うんだよね」

猊下っていう言葉、一度も使ったことがないな。

そして、今後もけっして使うことはない。

「そっちのほうは、わりとなんとかなったが、ローマルング公爵との会話で疲れた……その話はあとでするよ」

通信網がばれたことは俺だけの問題じゃ済まない。

下手をすれば諜報員が襲われて乗っ取られる可能性もある。

チーム全員に共有しておかなければ。

「私は面識ないけど、なんかすごそうな人だよね。あの子の父親だし」

「ネヴァンさんが成長した姿、想像するだけで怖いです」

ネヴァンを知っているディアとタルトが苦笑する。

二人はどこかネヴァンに苦手意識がある。

「そのことは忘れよう。やっと、純粋に街を楽しめるんだから」

聖都はいわば、世界一の観光都市だ。

世界中から信者が集まってくる。

となれば、その信者は金を落とすし、その金目当てでありとあらゆる商会がこぞって店を出そうとする。

競争が激しい街ほど、店の質は良くなる。

加えて、その信者すらここに来るついでに地元から様々な名産をもってきて、街で売って金に換える。

世界中の名産が店頭に並ぶのも必然と言えるだろう。

おかげで、流通が有利な海辺のムルテウ以上に国際色豊かで、こうして店を眺めて歩くだけで楽しめる。

「すっごい活気。魔族の襲撃があったなんて思えないよ」

「被害は少なかったからな。直接攻撃系の魔族じゃないのが幸いした」

「そうですよね。あの大きな芋虫みたいな魔族さんとかだったら、街ごと沈んでいましたよね」

「そうなれば、聖都が壊滅して世界中パニックだっただろうな」

世界宗教と聖地が消滅なんてことになれば、大騒ぎだ。

「どけどけっ！」

後ろから馬車が猛スピードで突っ込んできて、避ける。

せまい道をすれすれで走って行く。

「うわっ、乱暴だね」

「今日はすごい馬車の数です」

これほど乱暴な運転をするものは少ないが、街をすさまじい数の馬車が行きかっているし、よほど急いでいるのかみんな荒っぽい。

「いきなり、一週間後に祭りを開催するともなればな……もう、みんな準備で大童《おおわらわ》だ」

普通はそんな急に祭りを開催するなんて言っても、客が集まらないし、商会も無理だと突っぱねる。

しかし、アラム教が声をかけたとなれば話は別。

史上八人目の【聖人】の誕生、しかも最近魔族を倒して名を挙げた【聖騎士】ともなればむちゃもする。

視線を感じる。

というか、街で歩いているとずっとそうだ。

「なあ、さっきから見られてないか」

「見られてるよ」

「見られてます」

二人はなんでもないことのようにそう言った。

「なぜだ？」

「そんなの、教主に化けていた魔族を倒したからに決まってるよ」

「それはそうだが、なぜそれが俺だとわかる？」

処刑台に立ち、姿は晒《さら》した。

だが、この街にいる人間のごく一部しか見ていなかったはず。なのに、誰もが俺のことを知っている風だ。

前世であれば、テレビのニュースや新聞で視覚的に情報が広まるが、こちらの世界では顔ばれは極めて起こりづらい。

カメラはまだ非常に高価かつ、大きく嵩張《かさば》り、街に一つあるかどうか。それも店内で使うような代物。

見た目を人伝《ひとづ》てに聞いたところで、それが本人かはわからないはずだ。

「ここ数日、いつもどこかに呼ばれていたルーグとは違ってね、私とタルトって、けっこう街に出てたんだ」

「それがどうしたんだ？」

「だから、街で何が起こっているかも知ってるの。ほら、見て」

ディアが手を引く。

そこは雑貨屋だ。店頭には本が並んでいる。印刷機が出回りだしたものの、まだ本は高価だというのに珍しい。

「なんだ、これは」

その表紙を見て愕然《がくぜん》とした。

そこに描かれていたのは枢機卿の中でも中心人物だった男と、アラム・カルラと……俺だった。

原画が腕のいい画家のせいか、やたら美化しているとはいえ特徴をしっかりと捉えていて、表紙の人物が俺だとしっかりと認識できる。

「おおう、【聖騎士】様！　よくぞ、俺っちの店へ。サインしてくれよっ！　こっちに大写しにしたのがあるんだ」

押しの強い店主に手を引かれて店の奥につれていかれると、さきほどの表紙をもっと大きく刷ったものがあった。

　原画を版画にしたものの腕が悪いのか、表紙よりも数段落ちるが、それでもやはり俺だとわかる。

「これは、なんだ」

「ああ、教会が発行した本。【聖都、魔族討伐の真実～神さえも欺く～】ってタイトルで馬鹿売れしてんだよ。しかも、一冊売るたびに報奨金が教会から出るんだ。そりゃ、もう売って売って売りまくりよ」

「中を見ても？」

「サインをしてくれるならな」

　俺は殴り書きで大写しにした絵にサインを描き、中を見ていく。

　頭が痛くなる。

　教会が用意した例のシナリオ、それをさらにロマンチックかつヒロイックに脚色して書いている。

　今日の会議に出てた枢機卿全員に見せ場があるし、俺がやたらきざったらしい。

　挙句の果てにアラム・カルラとのラブロマンス。

　やはりというべきか、一番いいところは例の枢機卿がもっていく。

　いよいよ追い詰められた魔族に枢機卿が、『すべては貴様を油断させるための芝居。神と民を守るために、神すらもだまして見せる』と決め台詞《ぜりふ》を言っている。

ああ、このシーンとタイトルをリンクさせているのか。

だがあの枢機卿は、魔族が正体を現したときに腰を抜かして失禁していたのを俺はちゃんと覚えている。

「これを、みんなが読んでるというわけか……」

肩を落とす。その肩をディアが叩《たた》く。

「それだけじゃないよ、それを元にした演劇とか、人形劇とか、紙芝居とか、街の至るところでやっているんだ」

「ルーグ様、アラム教の本気ってすごいですね」

「そっ、そうだな」

アラム教の本質が商人に近いなんて、わかったふうなことを言っていたが、その俺の想像を容易《たやす》く上回ってくる。

ここまでやるか……。

まあ、向こうは政治だけじゃなく、一般市民相手の布教が本職。

なら、社会に情報を浸透させる方法を俺たちよりよほど知っているのも当然か。

やられた。

「良かったね、ルーグは完璧にヒーローだよ」

「その、私も誇らしいです」

「……俺の本業、わかって言っているのか」

ここで売られた本を買うのは、世界各国から聖都に巡礼に来たものたち。そして、彼らは元いた街や村に帰っていく……お土産にこの本を持って。

別にルーグ・トウアハーデの名前がどれだけ広まろうと構わないのだが、俺の姿が描かれた本が世界中に広まり、姿が知られるのは暗殺者として致命的だ。

「あはは、世界で一番有名になっちゃったね」

「どっちみち、お仕事のときは変装するので大丈夫です！」

とりあえず前向きに考えよう。

この状況を生かす方法はいろいろとあるはずだ。

「とりあえず、夕食にしようか。個室がある店で」

「だね、じろじろと見られたら食べにくいし」

「あっ、うっ、失敗しました」

「タルト、どうかしたのか？」

「ルーグ様が外で夕食をとおっしゃっていたので、美味《おい》しいお店を調べていたのですが……個室じゃないです」

タルトがしょげている。

言われなくてもやると決めて実行した矢先の失敗だから、落ち込むのも無理はない。

「今回は失敗だったけど、目の付け所は良かった。次は、もう少し想像を働かせてみよう」

「はいっ、次こそ頑張ります！」

タルトの頭を撫《な》で、俺は歩き出す。

この街のことは隅々まで調査した。

美味しい個室がある店も知っている。

でも、あえてそれを言わない。

タルトが気合を入れて店を探しているのだ。彼女に任せたほうが成長に繋《つな》がるし、面白そうだ。

◇

聖地の店は多種多様。

というのも、聖地に来る人間が多種多様だからだ。

世界中から人が集まるだけあって、人種も文化も風習も、懐具合もぜんぜん違う。

金持ちの客が多いからと言って、高級店だけを作るわけにはいかない。

今日俺たちが訪れた店は、中流階級が背伸びをして使うような店。

「いい店じゃないか」

「喜んでもらえて良かったです」

「ルーグって、こういうグレードの店が好きだよね」

「美味しさと気軽さのバランスがいいからな」

高級店だとドレスコードやマナーが厳しく、肩が凝ってしまう。

かと言って安すぎる店だと料理そのものが美味しくない。

安い値段だと安い材料しか使えないし、人件費を抑えるために料理に手間もかけられないからだ。

だから、こういうグレードの店なら、しっかりと良い材料を使って手間暇かけた料理を出すが、肩ひじを張らなくて済む。

そんな店を俺は愛用している。

タルトは俺の好みがよくわかっていた。

「私もこれぐらいの店がいいです。高すぎる店って、空気が重くて楽しくないです」

「あのね、タルトの言うことはわかるし、ルーグの好みだから、こういう店を選んだんだろうけど。ルーグは貴族でタルトはその専属使用人。超高級店にも慣れとかないとダメだよ。これから付き合いは嫌でも増えるからね」

相変わらずのお姉さんぶりだ。

ディアの実家、ヴィコーネ伯爵家は大貴族。

そこで育ったディアのテーブルマナーは完璧で、食事の際のナイフの使い方一つとっても美しい。

「たしかにそうだな。好き嫌いは言ってられない。とはいえ、今日は疲れた。こういうときぐらいは純粋に楽しみたい」

「うん、今日は許してあげるよ。でも次は、ルーグとタルトの修行にすっごい高くて、マナーにうるさい店にしようね」

「それは、ディアが食べたいだけじゃないか」

「別にそういうわけじゃないよ。私はそういうの食べ飽きてるしね。ルーグの手料理が一番好きなぐらいだし」

大貴族生まれのディアだが、一番好きなのは俺が作るグラタン。

日本では外で食べるご馳走《ちそう》というイメージが強いが、グラタンはれっきとした家庭料理。材料は安く、手間もさほどかからない。

庶民的な好みだ。

「わかった。次は高級店にしよう。ご指導ご鞭撻《べんたつ》のほどよろしく頼む」

「ふふん、お姉ちゃんに任せなさい。しっかり鍛えてあげるからね」

ディアの世話好きの発作が終わったころに料理が運ばれてきた。

とりあえず、今日はお任せコースにしてある。

初めての店だとそれが一番楽しめる。

「このサラダ、あんまり鮮度が良くないね」

「はい、くにゃくにゃしてます」

「それは仕方ない。聖都には畑がない。よそから野菜を運ぶとどうしても新鮮さはなくなる」

「でも、王都でもムルテウでも新鮮な野菜が食べられたよ」

「あっちが特別だ。籠城戦を視野に入れて街の食料自給率を高める意図がある」

穫《と》れたての野菜を食べられるのは一種の贅沢《ぜいたく》だ。

王都や商業都市ムルテウなどで新鮮な野菜を食べられるのは、あのレベルの街になると魔族や魔物、あるいは他国の襲撃を見越した設計がなされているからだ。

街を守る防壁の内部に畑を用意してある。

商会の中には、地価が高い王都や商業都市に畑を作るなんてナンセンス。畑を潰して店や住居を作り、他所から野菜を買えばいいと言う意見も多い。

だが、俺はそれには反対だ。大きな街だからこそ外に依存せずに食料を確保できるようにするべきだ。

「へえ、いろいろと考えているんだね」

「ヴィコーネの街も食料を自給していただろう」

「ヴィコーネは広くて、伝統があるし、お金もあるけど、王都から遠くて商業で発展しているわけじゃないからね。というか、むしろ余った食料を売る側」

「そうだったのか」

「そうだよ。ヴィコーネの食料生産量はスオンゲル王国で一番だったんだから。秋とかすごいよ、もう見渡す限りに麦が実って、綺麗《きれい》で……いつか、ヴィコーネの街が再興したら遊びに行こうね。案内するから」

「いつか、必ず」

「うん、約束だよ」

　ディアの実家であるヴィコーネ伯爵家は、スオンゲル王国で起こった内乱の際に王族側に付き、そして敗れて滅びた。

　いつか再興すると、ディアの父親は姿を隠し力を蓄えている。

「【聖人】に選ばれた今なら、正攻法でヴィコーネ領を取り戻すこともできるかもしれない」

【聖人】の称号というのはそれほどの力がある。

【聖人】が、スオンゲル王国の内乱で正義が王族にあったと言えば、それだけで世論が変わる。

そもそもあの反乱の成功は、セタンタ・マックネースという規格外の猛者がいたからで、そのセタンタももういない。

俺が本気になれば、ディアをヴィコーネに帰してやれる。

「それをやったら怒るよ。私だって領地は取り戻したい。でもね、そういう歪《いびつ》な力で摑《つか》んだ結果は、絶対にどこかで歪みを生む。……お父様が再興するって言ったなら、絶対にいつか再興する。今の私にできることは、お父様が手を貸してくれって言うのを待つこと。それで、そのときに期待に応えられる力を身に付けることだよ」

「ディアは強いな」

「私だって、ヴィコーネの令嬢だからね。ねえ、もしそうなったとき、力を貸してくれる？」

ディアの問いかけ。

アルヴァン王国の暗殺貴族が、ディアに……スオンゲル王国の貴族に手を貸す正当な理由なんてない。

それでも……。

「妻の実家を助けるのは、夫として当然だ」

「いっ、いきなり、妻とか、夫とか、言わないでよ、その、照れる」

「婚約したのに、何をいまさら」

「それはそうだけど……もう、ルーグは弟のくせに生意気だよ」

照れ隠しにディアはスープを飲む。

そういうときでも所作が美しくて、くすりと笑ってしまう。

「サラダとスープはいまいちだけど、メインのほうはどうかな。これでがっかりだったら、店を選んだタルトのせいだからね」

「えっ、あの、その、美味しいはずです！」

よほど恥ずかしいのか、会話の切り替え方が強引だ。とばっちりを受けたタルトが狼狽《ろうばい》している。

「安心しろ。店の客入りを見ただろう？　まずい店に客はつかない」

俺の言葉に応えるように、料理が運ばれてきた。

子羊のロースト。

味付けは岩塩のみ。香りがいい。おそらくは香草で包み焼きにしたのだろう。

そうすると水分が逃げずにパサつかない上に、香りが良くなる。俺もよくやる料理法。

ウエイターが、骨を摑んでかぶりつくように言うので、それに従う。

「あっ、これ美味しいよ」

「本当です。お肉の味がとっても濃いです」

「……肉の熟成か」

肉というのは、鮮度が良いほどうまいわけではない。

タンパク質が旨味に変わるのに時間がいる。

そのことは知られていて、ある程度置いてから食べるのが常識だ。

しかし、この店は熟成させている。

ただ置いておくだけじゃなく、湿度や風通しを工夫して、より肉がうまくなる環境を整えている。じゃないとこの味は出ない。

「さっきのサラダのマイナスを補ってあまりあるね」

「はい、お代わりしたくなりました」

「……この店で熟成させてるのか、それとも精肉店がいいのか。後者なら仕入れたいな」

「ルーグ、お仕事の話禁止！」

それからも料理がいくつか出た。

羊がメイン。

内陸部である聖都では、魚は獲れない。そのため、付近の村で育てた家畜がメイン。

さらにこのあたりは寒く、羊毛の需要が高いので、必然的に肉も羊がメインになるのだろう。

「肉料理はどれもうまかったな」

「うんうん、大満足だよ」

「これで、コースは終わりですか？」

「いや、デザートがあるはずだ。……来たぞ」

デザートはチーズケーキだった。

羊のチーズを使ったもの。

「うっ、ちょっと臭いがきついよ」

「そうですか？　私は気になりません」

羊の乳は独特の臭いがする。それはチーズにするとより強くなる。チーズを日本の十倍は食べる欧州の人間でも羊のチーズは無理だと言う人は多い。

俺もそれなりに苦手だ。

少し我慢をして食べてみる。

「……臭いはアレだが、味はいいな。牛の乳を使ったチーズよりも味に深みがある」

「私、これ結構好きです」

俺とタルトが食べているのを見て、しぶしぶといった様子でディアがフォークで小さくカットしたケーキを食べる。

「……まずくはないけど、うっ、私はもういいよ。口の中に入れても、臭いがきつい」

ディアが酒で口の中に残ったチーズを洗い流す。

「ううう、ごめんなさい、私がちゃんと調べなかったせいです。ルーグ様なら、きっとディア様を満足させられたのに」

「あっ、タルト、勘違いしないでね。ちゃんと美味しかったから。サラダとデザートはいまいちだったけど、お肉料理は全部美味《おい》しくて、満足してるよ」

「その、本当に、ここで良かったですか？」

「うん、これからもどんどん新しい店に連れて行ってね。私のこと気にして、私の好物がある店ばっかり連れて行ってもらえても、新しい味に出会えないもん。最後のデザートだって、苦手だけど、こういう味を知れたことはうれしいし」

こういう考え方はディアらしい。

彼女は好奇心の塊で、冒険好き。俺とは真逆のタイプ。だからこそ惹《ひ》かれるのかもしれない。

「そういえば、タルトが好き嫌いしているの見たことがないよ。嫌いなものとかないの？もしかして、ルーグの前だから我慢してるんじゃ？」

チーズケーキをもくもくと食べていたタルトが首を傾《かし》げた。

「いえ、私、まずいって思ったことがないです。だって、ルーグ様に拾われる前、お腹空《なか》きすぎて、食べられるものは全部手をつけましたからね。本当に本当になんでもです。腐っているなんて序の口で……だから、その、普通に食材として流通しているものを食べて、まずいなんて思ったことがないです」

ディアがとても気まずそうだ。

　餓死と隣り合わせの生活をずっとしていたタルトからすれば、ディアはとんでもない贅《ぜい》沢《たく》ものに見えるだろう。

「その、えっと、ごめん、無神経だったかも」

「大丈夫です。価値観が違うだけですから。それに、ディア様のヴィコーネ伯爵領では、真面目に働いている領民はみんな飢えなかったんですよね」

「うん、そうだね。お父様が領地を治めるようになってから一度も餓死者を出したことがないのが自慢なんだ。お父様がいろいろと工夫をしてたんだよ。不作のときとかのために保存食をためて、みんなに振舞ったりね」

　ヴィコーネのことはそれなりに知っている。

いずれ、ディアのために力を振るうためにいろいろと調べていた。

さきほどの野菜の話題も会話を広げるためにあえて知らない振りをしただけに過ぎない。

「素敵です……私が嫌いなのは、贅沢をするために領民たちから徹底的に搾り取って、飢死させる、そんなクズです」

　タルトが生まれた領地はトウアハーデ領の隣だ。

　気候にはそれなりに恵まれ、土もいい。よほど変なことをしなければそれなりの暮らしができる。

なのに、領主が最悪だった。

徹底的に領民から搾り取り散財する。まともな生活ができなくなった領民は生産性が悪くなり、生産性が落ちるからさらに税率を上げる。そして、さらに生活が苦しくなって生産性が落ちるという地獄のような状況に陥った。

領民たちは身売りをするか、老人や子供を捨てるしかなくなった。

タルトも捨てられた一人。そのせいか、タルトは贅沢をする貴族、とくに領民に無理を強いる貴族が嫌いだ。

「ねえ、ヴィコーネ伯爵家がそういう悪い貴族だったら、どうしてた？」

「どうもしません。ただ内心で軽蔑するだけです」

ディアの表情が引きつる。

ある意味、それが一番きつい。

「いい領地経営をしていて良かったな」

「そうだね、お父様とご先祖様に感謝しないとね」

微妙な空気になってしまう中、タルトは残りのチーズケーキを平らげた。

心の底から幸せそうに。

それを見て俺もディアも毒気を抜かれる。

改めて、あの時、冬の山でタルトと出会えて良かったと思う。

あの日、タルトと出会わなければ、タルトを救えなかった。こんな可愛らしくて、一生懸命な専属使用人は手に入らなかっただろう。

Episode4

第四話 暗殺者は商売人の顔を見せる

The world's best assassin, to reincarnate in a different world aristocrat

いよいよ祭りの三日前ということになり、街はさらなる熱気に包まれていた。

組織として動く商会も、個人で行う行商人も目の色を変えている。

祭りは大きいほど儲《もう》かる。それに、聖都で行われるうえに、アラム教がわざわざ各国に声掛けをして協力を募って開催されるものだからこそ、ここで成功をすれば名が挙がる。

そして俺はというと一人で街を散策していた。

誰も俺に声をかけない。

それは、ルーグ・トウアハーデブームが終焉《しゅうえん》したからではない。

あの本は馬鹿売れしていて、演劇や紙芝居なども人気を呼び、むしろどんどんルーグ熱は高まっている。

民衆が俺に気付かないのは変装をしているからだ。

(まったく気づかれないな。これなら、暗殺業のほうに影響はなさそうだ)

変装をしているのは、騒がれて面倒なのもあるが変装の効果を見るためである。

ルーグ・トウアハーデの名前と顔が爆発的に広がっている震源地。そこで誰にも気づかれないのであれば、問題なく暗殺稼業を続けられる。

……最悪、変装ではなく整形なんて手段も取れなくはない。顔の輪郭や鼻の高さ、目元など、そういうものを変えてしまえば別人にしか見えない。

前世の俺なら迷わずそうした。前世では何度も顔を変えたものだ。

だが、それはやりたくない。

今の俺を好きだと言ってくれるディアたちを裏切りたくない。

「何をしている、ルーグ・トウアハーデ」

呼び止められた。男のように聞こえるが、それにしては少々声が高い。

変装がばれたか？

俺は動揺を隠し、呼びかけを無視して歩く。さも、別人のように。

「貴様に言っているんだ。それで変装をしているつもりか？」

二度目の声掛け。

先ほどよりも高い声。相当無理をして声を作っている。

おそらく、相手は女性だ。なぜ、男性の振りをしているのかはわからない……いや、ここでようやく気付いた。

これはいたずらで、だれがそんな真似《まね》をしているのか。

「マーハ、そういう冗談は止めてくれ。心臓に悪い」

そう言って振り向いた先にいるのは、大人びた知的な美少女。化粧をうっすらとして、控えめだがセンス良く質のいい服を着こなしている。

さきほどの男の声はマーハの演技。

マーハは戦闘の才能はないが、いろいろと仕込んでおり、声帯模写ぐらいはできる。

「あら、あっさりばれたわね」

さきほどまで男の声を作っていたとは思えないほど、美しい淑女の仕草をして、マーハは微笑む。

「まだまだ未熟だ」

「忙しくて練習をさぼっていたせいね。不覚だわ。……とにかく、おかえりなさい、ルーグ兄さん」

「ただいま。マーハ」

ここは家じゃない。

だけど、なんとなくおかえりとただいま、そんなやり取りをしたいマーハの気持ちが伝わってきたので、それに応えた。

◇

アラム教は世界各国の商会に声をかけた。そうなれば、急激に伸びている超新星、国内外に人気がある化粧ブランド、オルナに声がかかるのは必然だった。

俺たちはオルナが祭りの間使用する店に来ていた。

格が低い商会だと、一つのフロアをいくつもの商会で共用するのだが、オルナはそれなりに立地がいい店舗をまるまる使わせてもらえることになっているそうだ。

大きな期待をされている。

「代表、副代表、お疲れ様です」

その店では、びしっとした礼で出迎えられる。

俺が変装していたのは、イルグ・バロール。大商会バロール商会の当主が娼婦《しょうふ》に産ませた子供であり、バロール商会の支援のもと化粧ブランド、オルナを立ち上げたやり手の商人。

だからこそ、その対応も当然と言える。

マーハと二人で、店の奥にある事務室に入り、鍵をかける。

「よく間に合ったたな。ムルテウからここまで来るだけで一週間以上かかりそうなものだが」

馬車というのはイメージに反して遅い。

馬の体力は半日も持たないいし、時速は十二、三キロ程度と自転車以下だ。

ムルテウからここまでだと、どれだけ急いでも一週間はかかる。

「相当無茶《むちゃ》したわよ。馬車じゃなくて、早馬をいくつも乗り継いで、乗り継ぎに失敗したときは、魔力で身体能力を強化して走ったわ……ルーグ兄さんが、私専用のハンググライダーを作るって約束をほったらかしたせいで大変だったのよ」

「悪かった。なかなか時間がとれなくてな」

主要街道ですらろくに整備されていないこの時代。空という、地形を無視して移動できる手段での移動速度は圧倒的。

だからこそ、マーハのためにハンググライダーを作ってやりたかったが、トラブル続きで後回しにしていた。

そもそもマーハの属性は水で、動力を確保するのが難しいというのもある。

「わかっているわ。私も当事者の一人だもの……その、ごめんなさい。ローマルング公爵が自らやってきて、詰め寄られて、私がルーグ兄さんの協力者であることと、通信網の存在を認めてしまったわ」

「突き止められた時点でどうにもならない。あの化け物相手に、秘密を隠し通すのは俺にだってできない。俺も甘かったよ」

「ええ、ああいうのがいると知っていれば相応の対応ができたのだけど」

「だが、それをしていれば、俺たちの武器である情報収集の速さを失う」

ばれないようにする。

そうするためには、多くの制限が必要となる。結局のところ安全と成果はトレードオフ。あんなイレギュラーの化け物を考慮し、それにばれないように動くなんて現実的ではない。

「そうね、難しいわ」

「一応、彼は味方だ。今のところ、彼以外には気付かれていない。現状維持だ」

「わかったわ。それと、ルーグ兄さんを助けるために必要だと言うから、資料も提供したの」

「その資料が使われた現場に俺もいた。結果的に助けられたよ。いい判断だ」

「そう、それなら良かったわ」

マーハはただ脅されたから資料を差し出したわけじゃないだろう。

情報網の頂点にいるからこそ、ありとあらゆる情報に目を通している。そして、俺の現状を正しく認識し、その上でローマルング公爵に情報を渡すのが最良だと判断した。

マーハに情報網を任せているのは、それができるからだ。

俺の知る中でも、もっとも情報分析能力と判断力に長けているのがマーハ。

彼女は戦闘に向いていない、しかし、戦闘能力よりずっと稀有《けう》な才能を持っている。替えの利かない存在だ。

る。

「今回もマーハに頼り切りだったな」

謀略、罠《わな》、政治的な圧力、そういう攻撃を仕掛けられると、情報こそが剣となり盾となる。

そういうときはマーハを酷使せざるを得ない。

オルナの経営だけでも相当の負担だというのはわかっているが、情報網の統制も、オルナの経営も、マーハにしかできない。

「いいのよ。それが私の仕事だし、ルーグ兄さんの力になれるのがうれしいの……でも、どうしてもと言うのなら、お詫《わ》びを受け取ってあげてもいいわ」

そのおねだりの仕方が実にマーハらしくて、笑みがこぼれる。

「ああ、どうしてもお詫びをしたい。俺は何をすればいい」

「ぎゅっと抱きしめてキスをして。しばらく会えなくて寂しかったの」

俺は頷いて、マーハの細い腰を抱きしめて口づけをする。

マーハが舌を入れて来た。

こういうことにも勉強熱心なようだ。

口づけを終える。

「これで許してあげるわ」

大人びて余裕があるように見えるが、照れくささを隠しきれず、頬《ほお》は紅潮しているし声は震えている。

そういうところがマーハの可愛いところだと俺はいつも思っていた。

「本当にこれだけでいいのか？　これだけで許すなんて気前がいいんだな」

「……うふっ、そうね。なら、もう少し誠意を見せて」

マーハは一瞬驚いて、それからまた余裕ぶった演技を始めた。

俺が伸ばした手を、彼女が淑女らしい動作でとる。

だけど、手を握るときに少し照れて逡巡《しゅんじゅん》してしまい、ぼろが出る。マーハは悪女にはなりきれない。

「気の済むまで付き合おう。お姫様」

「私はそういうの柄じゃないわ。でも、少しうれしいかも」

マーハの足取りが弾む。

とても上機嫌だ。

今日はマーハの可愛いところが見られそうだ。彼女には普段から苦労をかけている。だからというわけではないが、思いっきり甘やかしてあげたい。

Episode5

第五話　暗殺者は商品開発を行う

The world's best assassin, to reincarnate in a different world aristocrat

マーハとのデートが始まった。

先ほどまでは観光名所をぶらつき、今はカフェで休憩をしている。そこで自然と仕事の話がどちらからともなく切り出される。

ディアの場合、デートのときはデート以外の話をされることを嫌うが、マーハはその逆で、仕事の話を自分からどんどん振ってくる。

彼女の場合、商売は趣味でもあるのだろう。

「早馬で来たと言っていたが、スタッフと商品はどうやって用意したんだ？」

気になっていたことを問いかける。

魔力持ちのマーハ一人ならかなりの無茶はできる。実際、そうやって彼女はムルテウから聖都までわずか二、三日でたどり着いた。

しかし、それだと他のスタッフや商品がないはずだ。マーハは俺と違って【鶴革の袋】のようなズルは使えない。

一人で聖都に来たところで、祭りにオルナの出張店を出すことは難しい。

「運が良かったのよ。聖都の近くの街にオルナの支店を作っている途中だったの。出発と同時に、支店に伝書鳩《でんしょばと》を飛ばして指示を伝えたわ。祭りの期間中は、支店のスタッフを借りて、商品も支店の在庫を使う。大々的に開店セールをするつもりだったから、在庫が潤沢にあったの」

「そういえば、計画書に書いてあったな」

これまでは商業都市ムルテウに本店、それから王都、さらにはマーハが生まれた街の二ヵ所に支店という体制でやってきた。

支店を増やす計画があるとは聞いていたのだが、聖都の近くだったとは。

「ごらんのとおり、聖都には毎日のように多くの巡礼者が訪れるの。そのお客様をいただくための出店よ。本当は聖都に出店したかったのだけど妥協して、ここから二十キロほど離れた街にしたわ」

「オルナでも聖都への出店はきついだろうな」

マーハと同じように聖都へ支店を出したいと考える商会は非常に多い。

さらに言えば、利益だけじゃなく宗教的な考えで出店をしたいと考えるものも少なくない。

数年先まで順番待ちだし、小さな店でも必要な金額は途方もないものになる。

そもそも金だけでどうにかなる問題でもない。

強力なコネがいる。

「ええ、とてもじゃないけど無理ね。近隣の街でも地価がすごかったわ……たまたま、領主がオルナの信者でいろいろと融通してもらえたけど投資を回収するのはまだまだ先になりそうよ」

オルナの主戦力である化粧品の利益率はとてつもなく高い。

というより、化粧品そのものがそういうものだ。転生前の世界でも一万円で売る化粧水の原価が百円なんてことはままある。

うちはそこまではひどくなく、原価率はだいたい十パーセントほど。

そんなオルナですら投資回収に時間がかかるというのは恐ろしい。

「赤字でも広告費と割り切れば安いものだ。聖都に来る客を相手にする意味は大きい」

「そうよ。そのために無理をしたの」

聖都への巡礼に来るものは世界中からやってくる。そんな彼らに商品を売れば、世界中に商品が届き、広まっていく。

たとえ支店の収支が赤字でも広告費と考えれば安い。

そういう考えを、この世界で当たり前にできるマーハの商人としての才覚は、素晴らしい。

「スタッフと通常の商品に問題がないのなら、あとは祭りに適した商品が用意できるかだな」

「そうね、そこは私も気にしていたの。たぶん、ただオルナの定番商品を並べるだけでも、飛ぶように売れるだろうけど……それだと、存在感が示せないわ」

「オルナはまだ若い。こういうノウハウがないのは弱点と言えるかもしれない。今回いい立地の店を割り当ててもらっているなら、その期待に応える義務がある」

　祭りというのは特別な空間。だからこそ、各商会も特別な舞台に相応しく、そこでしか買えない特別な商品を打ち出してくる。

「それはわかっているのだけど、一週間ちょっとで、それを期待されても困るという気持ちもあるわね」

　普通は半年前から準備するものだ。

　商品開発には時間がかかる。

「そんな状況だからこそ、やり遂げれば他の商会より一歩前に出られる……やっと化粧品の生産ラインを増産できたところだし、こういう機会にどんどんアピールしていきたい」

　今までのオルナは需要をさばき切れなかった。

　商品の生産ラインが貧弱で、求められているだけの数が作れず、知名度を上げる必要がなかった。

　そのことは開店当初から問題視していて、最近になってようやく増産に成功していた。オルナの看板商品である乳液は製法さえ知れば、模倣が容易。だからこそ、製法を秘密にしなければならず、機密を守ったままの増産には苦労した。

　今でも従業員の買収やら、工場への諜報員《ちょうほういん》の派遣など、あの手この手で秘密を探ろうと様々な商会が暗躍しており気が抜けない。

「そうね、ここで勝負をかけたいところだけど……私の今の手札じゃ手詰まりね。というわけで、ルーグ兄さんの出番よ」

「丸投げするのか？」

「いつも、オルナの仕事を丸投げしているルーグ兄さんにも、たまには働いてもらわないと。さっそく店に戻りましょう」

　悪戯《いたずら》っぽい表情でマーハは俺の顔色をうかがう。

　商品は開発して終わりじゃない。それを十分な数用意し、さらには梱包《こんぽう》。従業員への商品説明もしなければならない。

　そこから逆算すると、商品開発に使えるのは今日一杯ってところだ。

「いや、もう少しデートを続けよう」

「諦めて、現実逃避ということかしら？」

「何を作るにしても材料の調達が必要になるだろう？　時間を考えると、この街で十分な数を、予算内に仕入れられるものでないといけない。となれば、デートしながら店を眺めて、何が作れるかを探るのが効率的だ」

「なるほど、理に適《かな》っているわね」

「それに……」

そこで、一度言葉を切る。少し照れくさくなった。

「ルーグ兄さん、続きを」

「それに、俺のためにがんばってくれたマーハをねぎらいたい。俺とのデートは、ねぎらいになるか？」

マーハはふふっと笑って、それからとびっきりの笑顔になった。

「ええ、とっても。じゃあ、すぐに出かけましょう」

マーハは立ち上がり、俺をせかす。

店を出ると同時に、マーハは恋人つなぎをしてぴったりと体を寄せてきた。

◇

カフェを出てから聖都の商店街を歩く。

やはり多種多様な店がある。土産屋が多く、アラム教グッズという罰当たりと思えなくもない品物が売られている。

「例の本、飛ぶように売れているわね」

「言わないでくれ。あの、妙に美化された俺の絵を見るだけで頭が痛くなる」

「割と面白かったわよ。……あの本を書いた著者、うちにほしいわね。執筆時間、たぶん一日、二日しかなかったんじゃないかしら？」

「だろうな」

あの本が出来上がるのは早すぎた。

例の人形遣いの魔族討伐からわずか三日後には刷り上がっている。

逆算すれば、執筆時間は二日しかない。それも、細かい注文が山ほどあっただろう。枢《すう》機卿《ききょう》全員に見せ場を作るだとか、ラストシーンの決め台詞《ぜりふ》だとか。その上で、アラム教のイメージアップという最重要事項を押さえないといけない。

顧客の要求をすべて満たして、二日で本をかき上げる。とても優秀な作家なのは間違いない。

「作者名は書かれていないわね」

「一応、事実を流布するという建前だ。物語の作り手を意識させないほうがいいという判断だろう」

「なるほど……。店主さん、それを五冊いただけないかしら。えっ、一人三冊までなの……じゃあ、三冊配送を頼むわ。送り先はオルナが借りている……」

「おい」

俺の呼びかけを無視して、会計を済ませてしまう。

「どういうつもりだ？」

「だって、ルーグ兄……ごほんっ、ルーグ様がかっこよく書かれた本よ？　買うに決まっているわ。自分用のはもう買ったのだけれど、お土産にもほしくなって。お義母様、とっても喜んでくれると思うの」

にやにやして、ルーグちゃんかっこいいと抱き着いてくる母さんの姿が頭に浮かんだ。

「……喜ぶだろうが、俺がいたたまれない気持ちになるからやめてくれ」

「ふふっ、どうしようかしら？」

「残り二冊は？」

「保存用とタルト用。あの子、イルグ兄さんの手前、買いはしないけど、とてもほしがっているると思うから」

「優しいんだな」

「友達だから。……いえ、最近気づいたのだけど、私、タルトのこと友達と思っていないのかも」

「それをタルトが聞いたら泣くぞ」

タルトはマーハのことを親友だと思っている。

「いえ、違うの。友達がしっくりこなくて、そうね、どじで可愛い妹。うん、そっちね。だから、イルグ兄さんと一緒にいても、あまり嫉妬しないで済んでいるのかも」

ぽんっと手を叩《たた》いて、マーハは納得したとばかりに頷《うなず》く。

「友達じゃなくて、家族か」

「イルグ兄さんのハーレムが出来上がったら、戸籍上も家族になるわね」

「ハーレムという表現はどうなんだ」

「それ以外になんて言えばいいのかしら？」

厳しい指摘だ。

貴族風に言えば、ディアが正妻でタルトとマーハが側室に当たるのだが、それを口にするのは生々しい。

「俺たちはチームだ」

「ひどい逃げ方ね」

くすくすとマーハが笑いをもらす。

そんなことをしつつ商店街を眺める。裏路地に入ると巡礼者向けではなく、商店などが仕入れで使う店が多くなってきた。

それらを見てもなかなかぴんと来るものがない。

「イルグ兄さん、いい案が浮かんだかしら？」

「案がないことはないが、ベストだとは言えない。もう少し、見て回ろう」

いくつか候補はある。

この街で手に入る材料でもなんとかなりそうだ。だが、それは体裁を整えられるという意味でしかない。

「そういうふうに妥協をしないところ、好きよ」

「俺に付き合ってくれるのはマーハぐらいだ」

歩き続けていると、商業地区を抜けてしまったらしい。

道の突き当りに教会があった。

大教会のような権威を見せびらかすものではなく、孤児院が併設されたこぢんまりしたものだ。

その庭では子供たちが蜜蠟《みつろう》……蜂の出す分泌物を利用した蠟燭《ろうそく》を売っていた。

だが、あまり売れ行きは芳《かんば》しくなさそうだ。

近頃は油を使うランプが安価で出回りだし、蜜蠟の需要が減っているせいだろう。

「蜜蠟か……ふむ、あれがあれば……いけるか」

こういう孤児院では、本部から支給される資金だけだと生活が苦しい。だから内職をして金を稼ぐ。

このあたりの地域産業は養蜂がメインだ。

ミツバチの養蜂は、手間暇かかるし刺されるリスクはあるが、力がない子供でもできる。

寒冷な気候なのでサトウキビが育たず砂糖は高価であり、甘味《かんみ》としてハチミツは需要が高い。それなりの金になる。

また、その副産物である蜜蠟が作れる。

「どうしたの、教会の庭なんてじっと見て」

「マーハ、化粧品を大きく二つにわけるとするなら、どうわける？」

「……そうね、大別するならスキンケアとメイクアップね。前者は肌の状態を良くするもの。オルナが得意とする乳液などね。後者は飾り彩るもの。口紅とかが該当するわ」

「オルナの新商品なら、どっちを作るべきだと思う」

「スキンケアね」

マーハは即答する。

「なぜだ？　オルナはスキンケアを主力にしているが、メイクアップ商品に力を入れれば新規顧客層を開拓できるかもしれない」

「それは違うわ。メイクアップ化粧品は競合が多すぎるし、シェアも固まっている。そこに挑むよりは、オルナの強みを生かすべきよ。オルナは他がやっていなかったスキンケアを売りにしたから成功したし、『女性を飾るのではなく、元から美しくする』というイメージが付いたの。そのイメージを守るべきだわ」

教え子の完璧な回答に口元が緩んでしまいそうになった。

「ああ、正解だ。こういう祭りだからこそ、オルナらしさがいるんだ」

俺は庭で蜜蠟を売っている子供に話しかけ、店頭にある分だけじゃなく、備蓄している蜜蠟を含めて全部買うと伝えた。

子供は喜んで教会に走って行き、両手いっぱいの蜜蠟を抱えてもどってきた。

「イルグ兄さん、蠟燭なんて買ってどうするの？　化粧品を作るのよね」

「ああ、蠟燭は蠟燭でもこれは蜜蠟だ。これがあれば、最高の化粧品が作れる」

蜜蠟の原料は蜂の巣、蜜蠟はその気になれば食べられる。

オルナらしさを生かしたスキンケアの化粧品に蜜蠟はぴったりだ。

「蠟燭が化粧品になるなんて信じられないわね」

「完成品を見れば気に入ってもらえると思うよ。それに蜜蠟を使うのは化粧品に適しているということだけが理由じゃない。祭りの商品として最高の付加価値が生まれる……ちょっと、神父様と話してくるよ」

商品に重要なのは品質もそうだが、パッケージングと付加価値。

それを得るための交渉をしてくるのだ。

Episode6

第六話　暗殺者は化粧を作る

The world's best assassin, to reincarnate in a different world aristocrat

オルナが借り受けている店舗に場所を移し、作業を始める。

事務室に備え付けられているキッチンでの作業だ。さすがに工房ではないので専門的な設備はない。

しかし、今から作る化粧品は普通のキッチンでも十分に作れる。

支店の従業員たちが遠巻きに見ている。

耳がいいせいで、彼らの内緒話が聞こえるが、どうやら俺、イルグ・バロールはオルナの創始者として伝説扱いされていて、憧れの感情を向けられているようだ。

「イルグ兄さん、こんな普通のキッチンで化粧品が作れるの？」

「問題ないよ、そんなに難しいものは作らないし」

机の上に材料を広げる。

とは言っても、材料はたった三つ。

グレープシードオイル……白ワインを作るときにぶどうから取り除かれた種を搾って油

を抽出したもの。オルナで扱い始めた商品。ぶどうが材料だけあって、香りが良く軽やかな油。手間暇かかるために高価だが人気が高い。

エッセンシャルオイル……植物から抽出した揮発性の油。これはオルナにおいて多くの化粧品に使われている。原料のハーブは、理想の香りを求めて探し続け、ようやく海の向こうで見つけたもの。これを使っていることがオルナの化粧品の質を底上げし、同時にこの香りがオルナらしさとして認識されている。

蜜蠟……教会で買い上げたもの。原料は蜂の巣。蜂の巣とは、ミツバチの蠟腺から分泌される天然のワックスだ。

「これだけなの？」

「ああ、これだけだ。だが、質がいいし、オリジナリティがある。グレープシードオイルとエッセンシャルオイルはオルナの強みだ。それに、この蜜蠟は……品質は普通だが、この街の教会で作られたものだということが大きな意味を持つ」

「ああ、そういうことね。たしかに、祭りで売り出すのなら、これ以上のものはないわ」

さすがマーハ、この説明だけでわかったようだ。

俺はさっそく化粧品を作り始める。

グレープシードオイルと蜜蠟を瓶にいれて、そのまま湯煎する。

蜜蠟が溶けたらよく混ぜて、最後にエッセンシャルオイルを加えてさらに混ぜる。

あとは、口紅用の容器に詰めて冷めるのを待つ。

普通なら半日ほど寝かすのだが、早く実演したいので魔法を使い、熱を奪って固めてしまう。

「完成だ」

「口紅の形をしているけど、これは何かしら」

「リップクリーム。肌に塗る乳液の唇版かな。今までオルナは肌は守っても唇は守ってこなかった。これだけ乾燥した気候なのにな……さっき、マーハとキスしたときに、少しかさついてたのが気になったのと、蜜蠟を見かけたことが作るきっかけだ」

マーハが恥ずかしそうに唇を手で押さえる。

恥じることはないのに。

唇はデリケートだ。この大陸のように常に乾いた風が吹いていれば、ダメージは蓄積するし、ましてやマーハのようにストレスがかかる仕事をしているとすぐに荒れる。

そんな人のためにこれを作った。

「もう、デリカシーがないわね……それと、その、まずいわ」

マーハが小声で囁《ささや》く。

その内容をかいつまむと、先日ルーグ・トウアハーデとしてマーハと婚約をした。そして、今の俺はイルグ・バロール。

もともとマーハとイルグはとても仲が良く、恋人と噂《うわさ》されていた。だからこそ、マーハがルーグと婚約してからもイルグといちゃついていれば、変な噂が立ちかねない。

「気にしすぎだと思うが……とにかく、デリカシーとやらを気にして知らない振りをするより、その唇を治してやりたい。マーハ、さっそく使わせてもらう」

俺はマーハの顎に手を添えてこちらを向かせ、できたばかりのリップクリームを塗る。

それを見て、従業員たちがきゃあきゃあ言っている。

それから、マーハは指で唇をなでた。

「唇が滑らかになったわ。それに、痛くない」

「唇を保護するためのものだ。他にも手荒れなんかに使える……化粧品であり、薬だ」

「蠟燭なんて、唇に塗って大丈夫なのかしら？」

「蜜蠟は蜂の巣を固めたものだよ。蜂の巣が食べられるのだから、問題があるわけない」

リップクリームに蜜蠟を使ったのはそれが理由だ。唇に塗るものだからこそ体に害があるものは使えない。

蜜蠟は融点が高くて体温や気温程度で溶けることはなく、唇をしっかり守ってくれる。

そして、蜜蠟を塗りやすく滑らかにするために加えた油も、ブドウの種が原料のグレープシードオイルと、ハーブが原料のエッセンシャルオイル。

このリップクリームを舐《な》めてもなんの問題もない。

「これ、いいわね。でも、口紅が塗れなくなるのは嫌かも……オフィシャルな場だとどうしても口紅が必要になるもの」

「リップクリームを塗って、上から口紅を塗るんだ。口紅からも唇を守ってくれる」

「そうなの？　ありがたいわ。唇が荒れたときに口紅を塗るのって痛いし、治るのが遅くなって嫌だったもの」

スキンケアに特化したオルナだからこそ、これは売れる。

「問題は、乳液と違いすぐに真似《まね》されてしまうことだ」

乳液の場合は水と油を混ぜ合わせるのに大豆から特殊な方法で抽出する成分が必要で、それがばれない限り真似されないが、リップクリームの場合は見るものが見ればすぐに作り方を見抜ける。

原理は唇を油で保護するだけだ。そこさえ押さえていれば、どんな作り方でも構わない。

「そうでもないわ。さっき、私はメイクアップは他のブランドが強いから後追いはしないと言ったけど、スキンケアでは逆よ。スキンケアのオルナっていうイメージがある。同じものを出したなら、オルナが勝つわ」

こうして、雑談にひっかけを交えてもすぐにマーハは見抜いてくる。

もうとっくに、マーハは俺を追い抜いていたのかもしれない。

「それと、イルグ兄さん、まだ話していないことがあるでしょう」

「さあ、なんのことか」

「蜜蠟を使う意味」

「そのことか。よし、マーハの答えを教えてくれ」

　マーハは真剣な瞳で俺を見据える。

　まるで、試験に挑む学生のように。

「世界中から巡礼に人が集まるこの街で、教会で作られたものを売るっていう時点で反則的に強いのよ。どうせお土産を買うなら、アラム教の権威にあやかりたいもの。その点、アラム教の教会で作られたものは最高よ。蜜蠟のままじゃ需要がなくて売れてなかったけど、こうして化粧品になって実用性が生まれれば爆発的に売れるわ」

「正解だ。補足することが何もない」

「だから、神父様と交渉をしたのね。目的は、教会で作った蜜蠟を使っていることを売りにしていいかの確認」

　その交渉が何よりも重要だった。

　アラム教の教会、その名を無断で使えばとんでもないしっぺ返しが待っている。

「その通り。神父様はいい人で、売り上げから少しの寄付をすることを条件に認めてもらえた。これで、このリップクリームはアラム教の祝福を受けた化粧品として売ることができる。信者たちがこぞって買うだろう。土産にも向いているしな」

「祭りに相応《ふさわ》しい最高の目玉商品ね……やっぱり、まだまだ私はイルグ兄さんに追いつけてないわ。だって、たった一日街を歩いただけで、こんな反則技を思いついて商品化してしまうのだもの」

マーハの中で俺を誇らしく思う気持ちと、商人として俺に追いつき……いや、追い抜いたつもりだった自負が崩れた悔しさ。その二つが入り混じっていた。

「それは過大評価しすぎだ。商品開発なんて経験というピースを直感で並べるパズルに過ぎない。そういう才覚は必要だが、マーハに求めるのはそこじゃない。商会を守り、大きくしていく手腕。それこそがトップに求められるもので、マーハに期待している部分だ」

商品開発を商会の長《おさ》がやらなくてもいい。

できる人間を雇えばいいだけの話だ。

だが、商会の方向性を決め、導いていくのはトップに立つ人間にしかできない。

「それはわかるけど。悔しいものは悔しいの。よしっ、決めたわ。一年以内にイルグ兄さんに頼らずにヒット商品を生みだして見せる」

「相変わらず負けず嫌いだな」

「それも商人に必要な才覚よ」

やはり、マーハは強くて聡明《そうめい》な子だ。

安心して、オルナを任せられる。

「期待している。まずは、祭りの準備だ。マーハも気に入ってくれたことだし、看板商品はリップクリームで本決まりにしよう。これを量産しつつ、パッケージデザインと梱包《こんぽう》を進めないとな。時間がない」

「そうね。ここからは時間との戦い。みんなもよろしく頼むわね」

遠巻きに見ていた支店の面々が、元気のいい返事をして集まってくる。

いいスタッフだ。マーハが苦心して集めたのだろう。

この商品には絶対の自信がある。そして、これだけの優秀なスタッフがいる。

祭りでの成功は間違いないだろう。

Episode7

第七話　暗殺者は祭りを楽しむ

The world's best assassin, to reincarnate in a different world aristocrat

いよいよ祭りが始まった。

祭りは三日にわたって行われる。俺の聖人認定式は明日の夕方だ。

二日目に認定式をやるのにも理由があって、初日にやってしまえばメインイベントがなくなり、二日目以降は客が激減する。

かと言って、三日目にしてしまえば初日は盛り上がらない。

その点、二日目の夕方というのは絶妙だ。

前日入りしたいという客をしっかり捕まえ、夕方だからこそ聖人認定式のあとは一泊して三日目も楽しもうという客も得られる。

このあたりの商魂たくましさは見習いたい。

「今日は思いっきり遊べるね……えっと、なんて呼べばいいのかな？」

そんな祭りを俺たちは客として楽しんでいる。

ディアが呼び方に困っているのは、俺が変装しているからだ。

イルグ・バロールとは別人の姿へと変装していた。

イルグはイルグで有名だ。

とくにこうして祭りが始まり、大商会の幹部たちが次々とやってきている今は不都合が多い。

「普通にルーグでいい。名前が被っているぐらいなら問題ないだろう」

「じゃあ、ルーグって呼ぶね」

ディアはデートモードで腕を組んでくる。

タルトがそれをうらやましそうに見ていた。

いつもなら、タルトもそうしたいのかと聞くのだが、ディアからタルトの積極性を鍛えようと提案を受けている。

ディア曰《いわ》く、俺が甘やかすからタルトが成長しないらしい。

物欲しそうな顔をするたびにほしいものを与えていれば、いつまでたっても自分からほしいと言うようにならないとのことだ。

一理あると考え、気付かない振りをしているのだが……なんだろう、この罪悪感は。

そして、今日は俺たち三人だけじゃない。

「悪いね、僕までご一緒しちゃって。せっかくのデート、邪魔じゃないかい？」

「ノイシュ、そう思うなら、遠慮してくれ」

今日はいつもと違い、ディアとタルトの他に二人も同行していた。

一人目は、ネヴァンと同じく四大公爵家出身。エリート中のエリート。ノイシュ。いかにも遊んでいそうな優男だが、芯の通った熱い男だと付き合っていて気付いた。

そしてもう一人は、俺の皮肉を受けてあたふたとし始めた。

「あっ、あの、僕、帰ったほうがいいのかな？」

「エポナ、冗談だよ。たまにはクラスメイトで仲良く散策するのも悪くない」

「うん、そうだね。ルーグと一緒に遊ぶなんて本当に久しぶりだね。いろいろとお話ししたいよ」

二人目は、勇者エポナ。

魔王を倒したあと世界を滅ぼす災厄。そう女神から断言された存在。俺は彼女を殺すために、この世界に転生した。

彼女は女性であることを隠し、男として振舞っている。

もともと中性的な容姿ということもあり、どこからどうみても美少年だ。

「あの、ルーグ様、こっちに来てよかったんですか？」

タルトの疑問は、化粧ブランド、オルナを手伝わなくていいか？　というものだ。

「大丈夫だよ。そうだ、マーハからタルトに伝言がある。『私は十分堪能したから、あとはタルトが楽しんで』と」

「マーハちゃんはいい子すぎます……私はずっと一緒にいるのに」

明日は聖人認定式でまったく動けないが、今日はフリー。とくに、トラブルが多い初日は、オルナに俺がいたほうがいい。

それでも、マーハは祭りを楽しんでこいと言ってくれた。

「本当に、いい子だ」

頷《うなず》く。

マーハはいい子というより、いい女と言うべきだろう。

「そういえば、勇者としていろいろなところに駆り出されていたエポナはともかく、ノイシュはこの一週間何をしていたんだ？」

今のノイシュはクラスメイトではあるが、魔族の手先でもある。

ノイシュは力を得るため、俺と同盟関係にある蛇魔族ミーナの下僕になった。同盟相手だからこそノイシュと切り結ぶ必要がない。

しかし、同盟相手であっても人類を裏切っていることには変わらず、警戒は必要だ。諜《ちょう》報員《ほういん》をつけ、ノイシュの監視を続けていたのだが、ことごとく撒《ま》かれて、足取りがつかめなかった。

「四大公爵家の子息ともなると、いろいろとしがらみがあってね。こういう街に来るとあいさつ回りが必要なのさ」

それは嘘《うそ》だ。

そういう動きがあれば、摑《つか》んでいる。

彼は人間としてではなく、魔族の手下として動いているのだ。

「あまり変なことをしないでくれ。俺はノイシュと友達でいたい」

「僕もだよ。ルーグくんは大事な大事な友人だからね……こうして、デートの邪魔をしてでもついてきたのだって、君と共にいるためさ」

ディアがくっついている逆側の肩に手を乗せて、笑いかけてくる。

「男にそういうことをされてもうれしくないんだが」

「ははは、僕もやっていて気分が悪いよ……ルーグくんは変わったね。だいぶ人間らしくなった」

「もともとはそうじゃなかったみたいな言い方だ」

「そうだよ。人間になりかけって感じだった」

一瞬だけ、動揺して硬直してしまった。

それは的を射ていたからだ。

前世で組織の命令に従うだけの人形だった俺は、最後の最後に裏切られて人間になりたいと願った。

そしてルーグとして生きるうちに、両親の愛を受け、ディアたちと出会い、人間らしさというのを学習した。

ノイシュと出会ったころにはもう、人間としての俺は完成したと思っていたが……今思えば、まだ歪《いびつ》だった。

「そんなふうに考え込まないでくれよ。今日はただ、思いっきり楽しみたいんだ。こうして君と無邪気に遊べるのはこれが最後になるかもしれないしさ」

「どういうことだ」

俺の質問に答えず、ノイシュは離れていくと、タルトを口説き始めた。

タルトはあたふたとしながらもしっかりと拒絶をする。

それは、最後と言った意味を聞かれるのを避けるためにしか見えない。

……問い詰めるのは止めておこう。

答えられないからこそそうしているのだから。

こうしてクラスメイトで集まっている今ぐらいは、俺たちを取り巻く面倒なことは忘れると決めた。

「前から思っていたんだが、やたらとタルトにちょっかいをかけるな」

ノイシュは初対面のときから、タルトを口説いていた。

「あはは、タルトくんのことが好きだからね」

タルトがまたごめんなさいと頭を下げる。

「いい加減、止めてやれ。タルトが可哀《かわい》そうだ」

「そんなこと言って、君は自分のものに手を出されるのが嫌なだけじゃないかい？」

「……そうだな。それもある。タルトは俺の婚約者になった。俺の女に手を出すな」

「なっ、なっ、ルーグ様、そんなっ」

タルトが真っ赤になり、照れる。

そして、ノイシュはへえっと言って笑い、それから頭を下げた。

「知らなかったとはいえ悪かった。しばらく会わない間に、そういうところも変わったんだね。さすがの僕も友人の恋人に手を出すほど恥知らずじゃない」

顔を上げた彼は真摯な顔をしていた。

「……そのなんと言えばいいのか、返事に困る」

「何も言わなくていいよ。タルトくんを幸せにしてやってくれ。うん、ルーグくんがタルトくんを受け入れたと知れただけでも、ここに来た意味があったよ。安心した」

「どういう意味だ」

「好きな子に幸せになってほしいと願うのは変なことかな？」

「変ではないが、唐突だ……というか、ノイシュはネヴァンのことが好きだと思っていた。ネヴァンのほうもずいぶんとノイシュのことを気にかけていたし」

ネヴァンとノイシュは特別な関係にあると思っていた。

ネヴァンはことあるごとにノイシュのことを心配して、助けようとしている節があったからだ。

「ああ、なんというか、彼女とは姉弟のようなものだね……四大公爵家同士、小さいころからよく顔を合わせた。一時期は婚約者だったこともある。でもね、ローマルング公爵に期待外れだと言われて婚約解消。どうやら、最高の人類を作ろうとするあの一族からすれば僕は不良品らしい。……ローマルング公爵に言われなくても、無理だったかもね。完璧超人のネヴァンからしたら、僕は出来が悪くて、手間がかかる弟に過ぎないんだ。僕はそれが悔しくて、見返してやりたいってずっと頑張ってた」

妙にその説明がしっくり来た。

ネヴァンがノイシュのことを語るとき、恋人というよりむしろ保護者視点だった。

タルトがおずおずと手を挙げる。

「あの、どうしてノイシュさんは、私なんか好きになったんですか？」

「ああ、それかい。おっぱいが大きいメイドで可愛い系の美人だから」

「なっ、おっ、おっぱいですか」

タルトが顔を赤くして、胸を隠す。

「それと、そういう性格と仕草がいい。母さんに似てるんだ。僕の父さんは四大公爵家筆頭だとか、あれだけ威張っておいて、メイドに手を付けて僕を産ませたんだよ。でっ、僕はマザコンってわけ。いや、違うかな、母さんに似た使用人を妻にしたら、父さんへの嫌がらせになるかなって思ってた」

おかしそうにノイシュが笑う。

不自然なぐらいにすっきりとした様子で。

「今思うと、僕は僕の人生を歩いてなかったんじゃないかなって。人を見返すことばかり考えてた。下賤《げせん》の血が混じってると詰る家の連中を見返してやりたかった。母さんに手を出したことを悔いる父さんを見返してやりたかった。期待外れだと烙印《らくいん》を押して婚約を解消したローマルングを見返してやりたかった。僕を出来の悪い弟だって優しさを押し付けるネヴァンを見返してやりたかった。……そして、僕を下だと決めつけるルーグ・トウアハーデを見返してやりたかった」

その言葉には、強い感情、いや怨嗟《えんさ》が込められていた。

「でも、もう全部いいんだ。僕だけにしかできないこと、それこそ、ネヴァンやルーグくんにすらできないことを見つけたからね。うん、すっきりした。他でもない君に話せて良かったよ」

怨嗟をすべて吐き出しきった清々《すがすが》しい笑みをノイシュは浮かべる。

かける言葉が見つからない。

パンッと乾いた音が響いた。

ディアが手を叩《たた》いて注目を集める。

「もう、いきなり長々と自分語りなんて痛いよ。それよりもお祭りだよ、お祭り」

「そうだな。いろんな店があるし、一日じゃ回り切れなそうだ」

「遊べるようなのもあるみたいです」

「僕も賛成だね。思いっきり遊ぼうじゃないか」

ディアが空気を変えてくれた。

これなら、ただのクラスメイトとして遊べる。

ただ、一つだけ引っ掛かる。

ノイシュの言った、彼にしかできないこと……それを祝福し、好きにやらせていいものか？

止めないと、彼が取り返しがつかなくなるほど堕《お》ちてしまう。

そう考えずにはいられなかった。

Episode8

第八話　暗殺者は聖者になる

The world's best assassin, to reincarnate in a different world aristocrat

昨日はあれから、年相応に遊び回って、笑いあった。

あいにくと二日目は自由時間がない。

聖人認定式は夕方からだが、朝から、ありがたい水で全身を清めたり、祝福を受ける儀式やら、ありがたい説教を聞かされたりで、うんざりしている。

そして、あっという間に日が暮れてあと一時間で聖人認定式だ。

今は最後の仕上げ。髪を整え、化粧をし、やたら格式ばった服を着せられる。

制服は学生の正装とはいえ、さすがに聖人認定式なんて大舞台では通用しないらしい。

「女神の祝福を浴びた衣らしいが、一切、女神の力は感じられないな」

「もう、ルーグ。そういうこと言っちゃダメなんだからね」

ディアは俺を注意し、俺の世話をしてくれている助祭たちはむっとした顔をした。

ディアも従者に相応《ふさわ》しい服装。そちらも女神の力を感じないが、特別な力があると思わせるほど美しく神秘的な装いをしていた。

ディア自身が神秘的な美しさを持つこともあり、怖いほどに似合っていた。

「私で良かったのかな？　こういうお世話って専属使用人の仕事だし、タルト、落ち込んでないといいけど」

「後で話しておくよ」

聖人認定式では一人だけ従者を伴うことができる。

一人だけそばに置くとなれば、俺はディアを選ぶ。

「その、いつも一人だけってときは私を選んでくれるけど、それが申し訳なくて」

「じゃあ、次はタルトを選ぼうか」

「うう、それはすっごく嫌かも」

そう言うディアを抱きしめる。

「ディアが一番好きだってことは、タルトにもマーハにも話して納得してもらっている。それでも俺と一緒にいるとあの子たちは言ってくれた。ディアが気に病むことじゃない」

「うん、そうだね。それにずるいもんね。悪いって思ってるのに、譲りたくないって。もう開き直って、刺されたら、そのときはそのときだよ」

それはそれでどうかと思うが、わかりやすくていい。

「あら、こんなところでいちゃいちゃするなんて当てつけですの？」

ネヴァンがアラム・カルラと共に現れた。

聖人認定式は、アラム・カルラから【聖人】の証《あかし》を受け取るセレモニーであるため、彼女がここにいるのは当然だ。

相変わらずネヴァンはアラム・カルラの付き人をやっているらしい。

「まあな」

「羨ましいですわね」

ネヴァンのからかいを受け流す。

そして、さり気なくサインを送る。

先日の会議で、ローマルング公爵が使ったものと同じ、アルヴァン王国の貴族が身に付けているサイン。その内容は二人きりで話したいというもの。

それに了承のサインが返ってきた。

ネヴァンにはあのことを話しておきたい。

◇

聖人認定式の段取りの説明を受けたあと、空白の時間が生まれ、大きな神具と大量の荷物によって生まれた死角に身を潜ませる。

ここでなら二人きりで話ができる。

「もしかして、デートのお誘いですの？」

「そんないいものじゃない。……ノイシュのことだ」

「あの愚弟がまた何か？」

愚弟か。

それがネヴァンのノイシュに対する認識なのだろう。

俺は、昨日のノイシュの様子を事細かに話す。

「嫌な予感がする。嫌な吹っ切れ方をしていたんだ。……何か、とんでもないことをしでかしそうで怖い。俺も情報網を使い監視するが、こっちのは性質上、俯瞰《ふかん》向きで個人を追いかけるのに向かない」

「そうでしょうね。いいですわ。ローマルングの諜報《ちょうほう》部を動かします。でも、期待はしないでくださいな。実はあの子が魔族の手に落ちてから監視はしておりますの。でも、あっさりと撒《ま》かれる。何か、不思議な能力がある。普通の超一流程度では荷が重いんですの」

ローマルング基準の超一流でも撒かれるか。

そうなってくると……。

「俺が自分で監視する。あるいは……」

「私かお父様、あるいはキアン・トウアハーデ。そのクラスの人材が必要ですわね」

「ローマルング公爵やネヴァンは動けないだろう」

「ええ、国の命運を左右するお仕事がたくさんありますし」

「そして、俺は……」

「まあ、無理でしょうね。【聖人】になってしまう以上、自由には動けませんわ」

「となると、父さんか」

「ローマルングから王族に、トウアハーデへの依頼を出すよう働きかけますわ。でも、よろしいので？」

「どういう意味だ」

「自分の父親を死地に向かわせることになりかねませんわ」

魔族の手先となったノイシュを尾行する。

今まで、それに失敗しても被害はでなかった。

しかしそれは撒くことができるから、あえて攻撃する必要もなかったに過ぎない。

父さんであれば、撒かれずに済み、だからこそノイシュに攻撃の必要性が生まれてしまう。

「トウアハーデの技は、アルヴァン王国のためにある。俺たちには覚悟がある」

「何があっても私を恨まないでくださいませ」

それで会話は終わりだ。

俺の提言で、父さんがノイシュの監視についてしまう。

……心配はするが、同時に信頼もしている。

父さんであれば、何があっても情報を持ち帰ることを優先する。死ぬなんてことはないと。

◇

聖人認定式の盛り上がりは凄《すさ》まじいものがあった。

俺を処刑するとき以上に。

女神の祝福を受けたと言われている装いで、歓声と羨望の中、壇上《だんじょう》に上がる。

付き従うディアの神秘的な美しさに見惚《みと》れるものが続出する。

十日ほど前に罵声と石を投げつけられながら歩いたのとは偉い違いだ。

壇上ではすでにアラム・カルラが待機していた。

その手にあるのは、結婚式で花嫁が使うようなベールだ。

(ほう、こっちは本物か)

たしかに女神の力を感じた。

それだけではなく、神具と同じような特殊な力を感じる……おそらく、これは神具でもある。

俺は、アラム・カルラの前で跪《ひざまず》く。

「ルーグ・トウアハーデ、そなたが神に選ばれしものであると、女神の代弁者アラム・カルラが認めよう。その証をここに」

跪く俺の頭に、アラム・カルラがベールをかける。

爆発的な歓声が後ろから響いた。それは音というより衝撃波で、ベールが揺れる。

「今、ここに八人目の【聖人】が生まれました。ルーグ・トウアハーデこそが、魔族によってもたらされた闇を払う存在である。皆様、祈りを！」

驚いたことに歓声は一瞬で消える。

数万もの人間が同時に口を閉ざし、目をつぶり祈る。

異様な光景だ。こういう場合、何割かはへそ曲がりがいて無視をしたり、雑談を始めるものだというのに。

女神の力が膨れ上がった気がした。

この儀式は、ただの形式ではないというのか？

俺の中に、数万の祈りが伝わり、力へと変わっていく。

最高の酒を飲んだ後のような心地よい酩酊感《めいていかん》。

そして、合図なんてないのに全員が同時に祈りをやめて目を開き、俺を見つめる。

「ルーグ・トウアハーデ、立ち上がり、言葉を」

俺は立ち上がり、振り向く。
言葉は自然に出た。
「数多《あまた》の祈りを受け取った。この祈りを力に変えて、闇を払おう」
さきほど以上の大歓声。
熱狂に場が包まれる。
そんななか、たった一人に目が吸い寄せられた。数万の観衆の中にいるたった一人に。
ノイシュだ。
ノイシュは屈託なく笑っていて、小さく手を振り、背を向けてこの場を去った。
何気ない動作、教室でも何度も見た。
なのになんでだろう。
そんなありきたりな仕草が特別で、もう二度と見られなくなる、そんな気がしたんだ。

Episode9

第九話——暗殺者は学園に戻る

The world's best assassin, to reincarnate in a different world aristocrat

祭りのあとノイシュが失踪した。

祭りでのあの態度を見る限り、あの時にはもう消えるつもりだったのだろう。

止めるべきだった……いや、何を言おうと止められなかっただろう。

失踪して数日後、ノイシュらしき人物が情報網にひっかかり、ローマルング公爵家が動き王家が命令を発令。父さんがそこに向かった。

（父さんがノイシュの尻尾を掴《つか》んでくれれば次の手が打てる）

それまでは動きようがない。

俺はもやもやした気持ちのまま学園に戻っている。

【聖人】になったことは学園でも噂《うわさ》になっており、ただでさえ学園では目立っていたのがさらに悪化した。そんなこともあり、今日のように部屋に籠ることが多くなった。

「あの、ルーグ様、お手紙がたくさん」

「……表向きは学園に家のいざこざは持ち込まないことになっているんだがな」

学園では貴族同士の上下関係やしがらみは一切持ち込まないようになっているが、完全に割り切ることはできない。

むしろそういう建前を使って、近づいてくるものが多い。

手紙のほとんどは、茶会への誘いで、その裏に俺とコネを持とうとしている意図が透けて見える。

もっと直接的に縁談の話まである。

「ひどいよね。私たちの婚約、ちゃんと発表したのに」

ディアが不機嫌そうに頬《ほお》を膨らませる。

正規の手順で俺たちの婚約は寄り親に報告され、そこから貴族社会に広まっている。

もともと【聖騎士】として魔族の討伐を果たした俺の婚約は注目度が高く、一瞬で貴族社会を駆け巡った。

「婚約であって結婚じゃない。貴族の婚約なんて、あっさりひっくり返るものだ。それに、ディアたちは身分が低い。高位の貴族は、今からでも婚約ならひっくり返せるし、寛容にもディアたちを側室として認めてやる……ぐらいの気持ちなんだろうな」

ディアは伯爵家の生まれだが、その身分は隠してある。

今のディアは男爵家の令嬢でしかない。

ほかの貴族たちから見れば、そういう意味でも俺はねらい目だ。

「失礼な話だよ」

「そうだな。それと、ディア、タルト、今まで以上に周囲を警戒しろ。今までは俺を血縁にすることで王族とのつながりが強くなる、そんな程度の認識だったが【聖人】認定されたことで、教会との繋がり、それどころか女神の祝福を得て、箔《はく》をつけようとしてくる輩《やから》が現れる。邪魔な婚約者を実力で排除するなんてことも十分起こりえる」

そういう事件の前例はいくらでもある。

「安心してよ。人間で、私たちに勝てる連中なんてそうそういないし」

「はい、ルーグ様にたくさん鍛えてもらいましたし、力ももらいました！」

ディアは魔法の天才。そしてタルトは才能はないながらも信じられないほどの努力家であり、トウアハーデの英才教育を受けてきた。

そんな彼女たちが、【私に付き従う騎士たち】によってさらなる力を得ている。

誇張なく、この国で十指に入るだけの実力があるだろう。

「どれだけ強くても隙を衝かれれば人は脆《もろ》い。その隙を狙うことに特化した俺だからこそわかる」

「そうだね、うん、気を付けないと。でも、忘れないでよ。その隙を狙うことに特化した教育を私も受けたんだから」

「ですよね、攻め方がわかれば守り方もわかります。一番有効なのはルーグ様とずっと一緒にいることですね」

「そうだな、なるべく単独行動は避けよう」

一人にならない。

単純だが、一番効果的な方法だ。

「あっ、来客ですね」

扉に備え付けたベルが鳴る。

タルトが来客を出迎えたのだが、その客は少々予想外だった。

「ごめん、ルーグと話があるんだ」

勇者エポナだ。

私服だが、やはり、男物の服を着ている。

「じゃあ、私、お茶とお菓子を用意しますね」

「その、お気遣いはうれしいけど、ルーグと二人きりで話したい。大事な話なんだ」

思いつめた顔だ。

「わかった。外に行こう」

つい先ほど、俺と一緒にいるようにと言ったばかりで体裁が悪い。

とはいえ、今のエポナを放っておくわけにはいかない。

「ありがと。そんなに時間は取らせないよ」

その腰には剣をぶら下げていた。

注意深く観察すると、エポナが臨戦態勢に入っているのがわかる。

……俺を始末するつもりか？　いや、それはない。戦うつもりでも殺気はない。

エポナは強いだけの素人。殺気を隠すなんて芸当はできない。

疑問に思いつつも、俺もエポナにならって剣を身に着け、そして隠し持っている銃や暗器の状態を確認してから外に出た。

◇

寮に併設された訓練場。

昼間はにぎわっているが、日が沈むと途端に誰もいなくなる。

そこで、エポナと向かい合った。

「ごめん、僕、ずっと黙っていたことがあるんだ」

俺はただ黙ってエポナの言葉を待つ。

「ノイシュはだいぶ前から人間じゃなかった……僕にはそういうのがわかるスキルがある。知ってて、何も言わなかった」

エポナが目を潤ませて懺悔《ざんげ》した。

「どうしてわかっていたのに言わなかったんだ」

「……人間じゃなかったけど、ノイシュのままだったから。気配り屋で、頑張り屋で、かっこつけな、僕の友達のままだったんだ。言ったら、僕が殺さないといけなくなる。言えなかったんだよ」

　エポナは震える手で剣に手をかけた。

「ノイシュは強くなってた。僕より、ずっとずっと弱いけど。僕以外のみんなより強くなってた。きっと、ノイシュを殺せるのは僕かルーグだけだよ」

「そうか……気持ちはわかるよ。誰だって友達を殺したくない。実は、俺も知っていた。気づいたっていうより、あいつが自分から自慢してきたんだ。新しい力を得たって」

　エポナはそれは想像していなかったらしく、鳩《はと》が豆鉄砲を食ったような顔をしている。

「なんで、ルーグは黙っていたの？」

「ノイシュを化け物にした魔族とそういう約束をしたから」

「……ルーグは人類を裏切ってたんだ」

　わずかな殺気が漏れ出て、俺の肌を刺す。

「違う。取引をした。その魔族は他の魔族が邪魔だった。そいつらを俺に始末させるために情報を提供した。それがなければ、勝てない魔族もいたし、救えない命もあった。あいつの情報があったからこそ、間に合った戦いも多い」

エポナの殺気がしぼんでいく。

「そんな魔族がいるなんて」

「エポナはあの豚魔族と、聖都で会った人形魔族しか知らないんだったな。魔族にもいろいろといる。力を誇示する奴《やつ》、臆病で逃げ隠れするやつ、支配欲が高じて教皇になり替わるやつ、人間の文化を気に入って楽しむやつ」

「……そんなの知りたくなかった」

「ただの化け物じゃないと殺せないか？」

返事はない。

だが、その無言は肯定と一緒だ。急かさずに言葉を待っていると、覚悟を決めた顔でエポナは口を開いた。

「殺したくないって思う。でも、殺せないわけじゃない。僕には約束がある。人類を守る剣じゃないといけない」

かつてエポナを導き、そしてトラウマになってしまった女騎士。

気になってその女騎士について調べてみたところ、不自然な点がいくつか見つかった。

……おそらくは転生者。

あの女神のことだ、純粋な戦闘力で勇者をどうにかできると思ってはいまい、考えられることとしては世界最高の教師というところだ。勇者に教育で手綱をつけようとした。

そして、失敗してエポナを追い込んだ。

「話はそれだけか？」

「ううん、違うよ。君に頼みがある」

エポナが剣を抜いた。

「僕はね、弱くなった。どんどん弱くなっている。だって、僕の訓練に付き合える奴なんていないし、王都に縛り付けられて、魔族や魔物とだって戦えない。このままじゃ、腕が鈍りっぱなしだよ。こんな僕じゃ、大事なものを守れない」

オーク魔族に襲撃されて学園が潰れるまでの間、エポナの相手をまともにできたのは俺だけだった。

「大事なものを守れない。本当にそれだけか？　ただ、憂さ晴らしをしたいだけじゃないか？」

エポナの所有スキルにはそういうものがある。

彼女が戦いの興奮で性格が豹変《ひょうへん》することがあるのはそのせいだ。

そしてそれは戦いで興奮しなくとも、不満をため込んでいけばいつか爆発する。

「うん、そうだね、このままじゃ爆発しちゃいそうだ。ノイシュは僕にとってストッパーだった。彼がいない今、いつ爆発するかわからない。だから、戦ってよ。ルーグなら死なないでしょ？」

さてと、どうするべきか。

エポナが言うとおり、ノイシュはエポナを守っていた。勇者であるエポナに降りかかるありとあらゆるストレスを受け流し、処理して、彼なりのやり方でエポナを助けていた。

それは公爵家にいて、なおかつ優秀な彼だからこそできたこと。俺にも真似《まね》ができない振舞い。彼は周りの強者を見て劣等感に押しつぶされたが、彼だけの強みはいくらでもあった。

彼がいなくなれば、エポナはストレスに直接さらされる。

エポナが爆発すれば、周辺の被害は大きい。そうなれば、俺の知人が巻き込まれる可能性もある。よってストレス解消に付き合うべきだ。

……それが建前。

本音を言えば戦いたい。

俺と別れてからエポナは弱くなったと言ったが、俺は逆に強くなった。鍛え、様々な武器を得て、魔法だって増やした。

どれだけ、この怪物に近づいたのか試してみたいのだ。

「いいだろう。ただ、エポナが戦うなら、ここは狭すぎるな」

寮の中庭にある訓練場。それはあくまで人間同士の戦いを前提に設計されたもの。

エポナのような規格外の化け物が暴れることなど想定していない。

「うん、そうだね。ここの東側の、山だった場所に行こう。君の不思議な魔術で更地になったままだよ」

「それは好都合」

それは強がりだ。暗殺者としては、障害物が多かったり足場が悪かったりしたほうがいいのだが、贅沢《ぜいたく》は言えない。

エポナが走り出し、追いかける。

走りながら俺は考える。

エポナを殺さずに世界を救う方法を考えている。とはいえ、万が一はありえる。彼女を殺さなければ世界を救えない。そこまで追い詰められる可能性は捨て切れない。

もし、その状況なら俺はエポナを殺す。もちろん、最後の最後まで他の可能性がないかを探し尽くしたあとにだ。

……この世界には失いたくないものが増えすぎた。エポナを友と思っても、それ以上にディアたちを守りたい。

どこまで本気を出すか。

エポナの力を正しく知り、どこまで己の力が通じるのかを知る必要はある。しかし、何を見せて、何を隠すかを決めないといけない。

勇者相手に一度見せた手札は、二度と通用しないのだから。

Episode10

第十話　暗殺者は勇者に挑む

The world's best assassin, to reincarnate in a different world aristocrat

誰もいない荒野、そこで俺とエポナは向かい合う。やはり見晴らしが良すぎて不利だ。救いと言えば、ここまでの道はいくらでも身を隠せる森だったこと。これならやりようがある。

「俺たちは殺し合いをしたいわけじゃない。ルールを決めよう。試合時間は一分。降参するか、気絶、あるいは腕か足が折れれば終わり。時間切れは引き分けだ」

「うん、いいね、それ。ルーグなら一分程度で、僕の本気をさばけるでしょ？」

エポナと戦うことのデメリット、それは命の危険もそうだが、【私に付き従う騎士たち】を失ってしまうこと。

もともとそれはエポナのスキル。最大三人までに己のスキルを貸与し、力の一部を与える。

ただし、決闘に敗北すれば騎士に相応しくないとされてスキルがはく奪され、借り受けていたスキルと力を失う。

それは困る。

だからこその制限時間。

一分持ちこたえれば、引き分けに持ち込め、敗北ではなくなる。

たった一分だが、エポナが相手となればあまりにも長い。

デメリットを考えれば戦うべきではないのだろうが、今の戦力差を肌で感じることはそのデメリットに見合う価値がある。

「ノイシュは馬鹿だ。勇者のストッパーなんて、十分に世界平和に貢献していたのに……何もできないと決めつけて、劣等感に押しつぶされて」

ノイシュが隣にいなければエポナはとっくにおかしくなっていた。

間違いなく、ノイシュは世界平和に必要な存在だ。

そして、強さという一点だけに限定しても、俺やネヴァン、エポナを見て劣等感に押しつぶされたが、比較対象が悪かったに過ぎない。

ノイシュは十二分に優秀だった。規格外以外と比べれば圧勝だし、規格外の連中にだって勝る部分は多い。特化型ではなく万能型。そういう己の強みを理解し、それを誇りに思うべきだった。

「それ、本人に言ってあげれば良かったのに。君に認めてほしいって、遠回しに言ってたよ」

「……次に会ったら、ちゃんと言葉で伝えよう」

剣を抜く。

これは囮《おとり》。俺が得意とするのはナイフと銃。

ディアと開発した新たな魔法を使う。

【雷速】。

体内電流を強化し、反応を超高速化。さらには身体能力の強化。

効果は凄《すさ》まじいが、肉体にダメージを与えてしまう。【超回復】で癒《いや》しながらでないとすぐに動けなくなる。

その【超回復】でも回復は追いつかず、まともに戦えるのは一分強。

制限時間一分であれば、その弱点は気にならない。

さらには首筋に薬を打ちこむ。これもまた反射速度を上げるためのもの。

動きの速さではどうやってもエポナに追いつけない。それでも戦いに持ち込むには反応の速さで埋めるしかない。

ここまでして初めて勇者の動きについていける。

さらに……。

「【風盾鎧走】」

十八番の魔法を使った。

風の鎧。攻撃を受け流す盾となり、ときには風の圧縮を解いて推進力にもなる、防御と機動力の両方を確保する魔術。

「ルーグ、もう準備はいいかな」

「いつでもいい。かかってこい、勇者」

俺が手招きし、エポナが笑って戦いが始まった。

◇

エポナが突っ込んでくる。

踏み抜いた地面が爆発した。

音がない。いや、音が届くよりも先にエポナが目の前に現れた。

音を置き去りにする速さ。

だが、かろうじて見える。

体内電流を強化する魔術と、薬物のおかげだ。

最小限の動きで躱《かわ》す。否、最小限の動き以外をする時間の余裕がない。

目の前をエポナが通り抜けていき、その後、見えないハンマーに殴られて吹き飛ばされた。

（ソニックブームか）

音速を超えた際に起こる現象で、押しのけられた空気が衝撃波となり周囲を蹂躙《じゅうりん》する。

エポナがターンして戻ってくる。

【風盾鎧走】の鎧の一部を解いて、空中で推進力を得て躱し、また吹き飛ばされる。

ぎりぎりで受け身に成功。しかし、受け身に使った右腕にひびが入った。

（触れもしない。がっ、それは問題じゃない）

相変わらずの速さだが、今回はかなり距離が空《あ》いた。

これならば攻撃できる。

魔法を使う時間はない。大きく躱す時間もない。しかし、銃を抜いて引き金を引くだけの時間はある。

一流のガンナーは〇・二秒あれば銃を構え、照準を合わせて、トリガーを引く。

前世での俺の限界がそこだった。今の俺は身体能力を魔力で強化し、さらに反射速度を魔法で向上させてある。人類最高速である〇・二秒からさらに〇・一秒を削った。

それであれば間に合う！

三点射。確実に獲物をしとめるための射撃。魔力で強化しているにも拘《かか》わらず、腕が折れそうになる。

この拳銃は威力重視の大口径。その大口径に使う弾丸には、ファール石パウダーを銃が壊れない限界まで詰めた。

その初速は秒速１０２０ｍ／ｓ。おおよそ、音速の三倍。アンチマテリアルライフルすら上回る。

考えうる最高の反動抑制機構を搭載していても、反動が殺しきれず、ぶれそうになる銃口を無理やり身体能力強化で押さえつけたものだから、衝撃を逃がせずに無事だった左腕の骨にまでひびが入った。

「ルーグ、本気を出してよ！」

そんな対戦車ライフルを超える威力を秘めた弾丸の三点射を避けもせず、真っすぐに突っ込み、額で弾《はじ》き飛ばした。

……冗談だろう。

破壊力というのは、彼我の速度がものを言う。

音速を超える速度で突っ込んできたということは、その速度分の威力も加算されたはずだ。

なのに、無傷。

俺は残った弾倉の弾丸すべてを吐き出すが、そのすべてを弾かれ、至近距離への接近を許してしまう。エポナの拳が腹にめり込む寸前、風の鎧を推進力にして全力で後ろに跳び衝撃を殺そうとするがあまりに拳が速すぎて追いつかれた。

ボキボキボキと嫌な音が響き、吹き飛ばされる。

「あれ、この感触。骨じゃないよね！　面白いね！」

不思議そうにエポナが首を傾《かし》げて笑い、それとは対照的に俺は膝をついて血の塊を吐き出す。

今折れたのは俺の骨ではなく、防弾チョッキのフレーム。

過度の衝撃を受ければ、あえて折れることで衝撃を殺す機構。

魔物の骨という、反則的なまでに軽くて丈夫な素材を使い、三トントラックが全速力で突っ込んでも耐えられるよう設計した防弾チョッキが一発で逝った。

もし、これを着込んでなければ肋骨《ろっこつ》のほとんどが持っていかれていただろう。

空中で魔法を詠唱し、再び【風盾鎧走】を纏《まと》う。

そんな俺に向かってエポナが真っすぐ手のひらを伸ばした。

「【火球】」

火の系統、その中でも初期に覚える魔法。普通の魔力持ちが使えば拳大の火球を生み出すだけに過ぎない。

それも勇者が使うと化ける。

余りの熱量にプラズマ化し、レーザー砲のように超速度で襲い掛かってくる。

【鶴革の袋】から、指向性爆弾に改良したファール石を取り出し投げる。

空中でミスリルのチャフをばらまきながら爆発。

ミスリルのチャフにプラズマが触れると、分散し、乱反射して周囲にそれていく。

なんとか防ぎはしたが、問題は、エポナにとってこれは必殺技でもなんでもない、ただの初級の魔法ということ、そうなれば当然――。

「【火球】」

すぐに次弾が打てる。

チャフのほとんどを蒸発させ、プラズマは俺を貫き、俺の姿が歪《ゆが》む。

それは俺の影。

風の魔法で光の屈折を利用して、幻影を映し出したもの。

本来、日の光がない夜に使えるようなものではない。

だが、プラズマによって周囲が照らされた今ならば可能。

さきほどのチャフによる拡散は、幻影投射の力を十全に発揮できるように計算して放った。いくら勇者が速くても、認識の外にその身を隠せば……。

(獲《と》った)

声を出すなんて愚は犯さない。

音も匂いも消して、死角からエポナの首筋にナイフで全力の一撃を叩《たた》き込む。

鈍い音がする。

骨が折れた音。

その音は俺の手首からした。あまりにもエポナが固すぎて、全力と全体重を込めた一撃の衝撃全てが俺の手首に反動として現れた結果。ヒビの入っていた利き腕が使い物にならなくなった。

激痛で叫びたくなるが、そんな暇もない。エポナが裏拳を振るいながら振り向いた。紙一重で躱す、いや、皮一枚分、掠《かす》った。そう認識したときにはきりもみしながら吹き飛んでいた。

まるで自分が弾丸になったよう。

数十メートル吹き飛び、ようやく止まる。

服は擦り切れ、皮膚がめくれ、ひどいありさまだ。きりもみ回転のせいで、三半規管がいかれた。方向感覚が完全におかしくなった。立てない。

エポナを見つけないと……いや。

本能だけで、転がる。

俺がいた場所にクレーターができた。エポナが上空から踏みつけるように蹴りを放った。

大地が爆発し、吹き飛ばされる。

ようやく方向感覚が戻ってくる。

(いくら決闘だからってやりすぎだ)

喰《く》らっていれば顔が潰れていた。

なら、こちらも相応にやりすぎよう。

ありがたいことに今ので距離ができた。

そして、奇跡的にエポナの位置は仕込みがしてあるポイントだ。

エポナが今いる場所、そこは決闘が始まる前に決めていたキリングポイント。

ここに来る途中、エポナの後ろを歩きながら、魔法を駆使して【鶴革の袋】から大砲を取り出して設置しておいた。

「【一斉砲撃】」

普通の攻撃ではダメージは与えられない。

エポナ相手に大技を当てる隙なんて作れない。

だが、罠《わな》ならば話は別。

戦場は見晴らしのいい荒野だが、あいにくと暗殺者にとって不利な戦場で付き合い続けるほどお人よしではない。

初めからここに誘導していたのだ。身を隠せ、罠を潜ませられる森に。

エポナのもとに全方位から、【砲撃】が降り注ぐ。

幾重にも爆音が重なり、破壊の余波で土煙が巻き上がる。

破壊力というのは逃げ場がないほど強まる。

さきほどから俺は何度も吹き飛ばされているが、吹き飛ぶということは与えられたエネルギーを運動エネルギーとして逃がしていることに他ならない。

理想の攻撃とは全方位から同時に同量の力を加え、すべて力を逃がさず対象に伝えること。

……この罠を仕掛けるのには苦労した。計算により理想的な配置を割り出しても、それを望み通りの場所に仕掛けられるとは限らない。

いかに魔法を駆使してもエポナに気付かれずに仕掛けられるタイミングは限られるのだから。

妥協と再計算の連続。その結果、理想とは言えなくとも十分な殺傷力を持つ配置が完成し、やられている振りをしながらそこに誘い出した。

「全方位からの、改良を重ねて最大威力を引き上げた【砲撃】。計算上の威力ならば【神槍】すら上回るが……」

一切油断をせずに探索魔術を駆使して、エポナを捜す。

見つけた、動いている、いやこっちに向かって突進してくる。

反応しようとして、身体が鉛のように重く初動が遅れた。さきほどのダメージがまだ残っていたのか？　いや、違う。これは【雷速】の反動。

それはコンマ一秒の奪い合いにおいて、あまりにも致命的なロス。

エポナの爪が硬質化して剣のようになり、それが俺の喉元に突き刺さる……いや、その寸前で止まった。

「惜しいな、もう。あと一秒あったら僕の勝ちだったのに」

「そうだな、ちょうど一分だ」

エポナが動きを止めたのは時間切れだからだ。

「意外だ、今回は最後まで理性を保っていたじゃないか」

一秒単位で、正確な時間のカウント。

理性を手放したものにはできない芸当だ。

「たまたまだよ。さすがに、ルーグの【一斉砲撃】はやばいなってなったら、目の前が真っ赤になって、そのブチ切れたのを飛んでくる弾にぶつけたらすっきりしちゃったんだ……ほら、これだけで済んだ」

ぶらぶらと力なく垂れ下がっている左腕。

見事に折れていた。

勇者に一矢報いることができたのだ。

……逆に言えば、【神槍】クラスの一撃で、殺すどころか腕一本が限界。

ますます化け物じみている。

もしものときは殺す覚悟があるが、強くなった今でもなお難しいと思い知らされる。

（……まあ、上出来か。今のエポナの強さは確認できた。さらに手札を隠した上で、これだけ拮抗《きっこう》できたのだから）

今回の戦いで使ったほとんどの手札は、オーク魔族との戦いの際に晒《さら》したもの。非常時のために用意していた新たな手札は晒していない。

手段を選ばなければもっといい勝負ができただろう。

「悪かった。エポナ相手だと手加減できない」

「いいよいいよ、もう治った。本気を出してくれてありがとう。これぐらいじゃないと気持ちよくないし、それに、鈍《なま》ってた体が研ぎ澄まされた。そんな気がするんだ」

そう言って、もう大丈夫だよと手をぐるぐると回す。折れたはずの左腕も。

命がけで与えた傷も、即座に回復か。俺の【超回復】でも、ここまで無茶《むちゃ》な回復速度じゃない。逆に俺は立っているのが精一杯だ。

無理やり体内電流を加速させたツケと、薬物の副作用。見た目にダメージがなくとも、ボロボロだ。神経系へのダメージは【超回復】であっても治りが遅い。

エポナの最後の一撃を躱せなかったのは、強化の制限時間切れが原因。

エポナとの戦いでは、想定以上の無茶をして強化可能時間が数秒縮まった。

……テストではこんなことは一度もなかった。エポナクラスとの戦いで無理を強いられるとこうなるとわかっただけでも大きな収穫と言えるだろう。

「じゃあ、また戦ってよ。僕は強くなりたいし、ならないといけない」

「約束のためか」

「うん。だけど、それだけじゃない。僕のスキルに【未来演算】というのがあって、なんとなくこう、胸がざわざわとする。そういうあいまいなものだけど、それが弱いままじゃダメだって、そう警鐘を鳴らしてる」

……それは、アラム・カルラから聞いた女神と魔族の密談とも一致する。

本来、勇者は魔王と戦う前に幾度も魔族と戦い、その中で強くなる。

なのに、俺がその機会をことごとく奪った。

一体目の魔族である豚魔族との戦いでは、歴代最高の勇者の素質があったエポナ。しかしあの一戦以外、魔族とまともに戦っていない彼女が、今も歴代最強の勇者かはわからない。

（情報が足りない）

エポナが弱いままであろうと、このまま魔族すべてを倒し、魔王の復活を阻止できるのであればなんの問題もない。

だが、もし魔王の復活が防ぎようがなくて、そして女神がかつて魔王を倒せるのが勇者だけと言った通りだとしたら。

俺の今までの行動は、世界を守るためでなく世界を壊すことに繫《つな》がることになる。

そうなるのなら、責任を取らねばならない。俺の世界を守るために。

Episode11

第十一話　暗殺者は女神と再会する

The world's best assassin, to reincarnate in a different world aristocrat

目を覚ますと白い部屋にいた。

……いや、目は覚めていない。これは夢だ。

また、ここに呼ばれたのか。

もう何度も呼ばれたせいで、驚くこともなくなった。

「女神か」

「はーい、おひっさー、女神ちゃんだよっ、てへぺろっ」

「……またキャラを変えたか。わけがわからなくなるから止めろ」

「もう、相変わらず冷たいですね。さすがは氷の暗殺者」

「また、懐かしい名前を」

「やーい、やーい、おまえの二つ名、中二病♪」

前世ではいくつもの二つ名がつけられた。

組織の上層部以外は俺の素顔と本名を知らず、謎の凄腕《すごうで》暗殺者の存在だけが闇社会に広がったせいだ。

挙句の果てに、誰がやったかわからない超高難易度の暗殺はすべて俺のせいだと言われた時期もある。

噂《うわさ》に尾ひれどころか、背びれと翼までついて頭を抱えたものだ。

「早く用件を言え」

「なにもないですよ。ただ、呼んだだけです。えっへん」

「意味がわからない……いや、呼んだこと自体がメッセージか」

「おっ、さすが。かしこい子で助かります。最近、リソースがかつかつのかつかつかつで、ここに呼ぶだけで精一杯。助言一つすることも厳しくて、女神ちゃん辛《つら》いんです。赤字になると、他所からリソース引っ張ってくるしかなくて、そうすれば、世界の何かの機能が壊れて支障出まくりですからねー」

とてつもなく怖いことを言う。

「そのリソース不足は、魔族と何やら怪しげなことをたくらんでいたせいじゃないか？」

「やだなー、答えられるわけないじゃないですかー」

「リソースを食うからか」

「その通り。世界への干渉はそれぐらいに重いのですよ。……まあ、あなたは気付いているからこそ言えますけど、転生させたのがあなただけなんて言うのは真っ赤な嘘《うそ》。そして、あなた以外は全員失敗した。世界最高の暗殺者さん、あなたは間違いなく世界の中心にいる。あなたの行動が世界の命運を左右する。そこまで行きついたのはあなただけ。でも、そうなったせいで、あなたへの干渉に必要なリソース消費がえぐくなっちゃったのは、ほんとぷんぷんですよ」

「よくできたシステムだ」

「そうなんです。世界へ影響力がない小物にいくら干渉しても、やっぱり世界は変わらない。世界を変えられる子に干渉するにはリソースをもっていかれる。というわけで、世界の希望のあなた！　あとは頼みます」

白い部屋が崩れていく。

本当にただ呼んだだけ。

しかし、俺はそのメッセージをしっかりと受け取った。

◇

今度こそ目を覚ます。

「ルーグ様、体調はどうですか？」

すでに学生服に着替えたタルトが心配そうに俺の顔を覗《のぞ》き込んでいた。

相変わらず、タルトにはその服が良く似合う。

「心配したんだからね。昨日、ボロボロの恰好《かっこう》で帰ってきて、そのまま気絶するように眠ったんだから。死んだんじゃないかって思ったよ」

「エポナと模擬戦をしたんだ……やっぱり勇者は強い」

「当然だよ。規格外の化け物だってこと、ルーグが一番知っているよね」

「ああ、そうだな」

俺は自分の身体をチェックする。

ほとんどは【超回復】のおかげで治っていた。俺の回復力は常人の百数十倍、すなわち半日も眠れば三か月分の治癒をする。

三か月あれば骨折だって治る。

昨日の時点で、肋骨《ろっこつ》と右手首、両腕の骨にひびが入っていたのは完治。筋肉の断裂や、酷使して痛んだ神経系も正常だ。

問題は……。

「けっこう苦労して作ったんだけどな」

服の中に着こんでいた防弾チョッキ。

生半可な斬撃なら、特殊なコーティングで滑らせることで無効化する対斬撃性能。

そして耐衝撃性は、地中竜魔族の被膜で弾力のあるジェルを包み、さらには過負荷がかかれば折れることで衝撃を殺すフレームにより三トントラックの衝撃すら耐えられる代物。

それが完全に破壊された。これが無ければ命すら危うかったとはいえ、また作り直さないといけないと考えると気が滅入《めい》ってしまう。

「ルーグ、落ち着いて聞いてね。壊れたのそれだけじゃないよ」

「ルーグ様が寝ている間にチェックしました。銃も砲身が歪《ゆが》んで、インナーもぼろ切れ同然です。……もしものために作った試験用の呪符まで」

「……現実逃避したくなるな」

直撃のほとんどを躱《かわ》したとはいえ、衝撃波で何度も吹き飛ばされた。そのせいで隠し持っていた装備のいくつかが駄目になったようだ。

「私も修理手伝いますから！」

「しょうがないね。私も手伝うよ」

「お言葉に甘えるとしよう。それに、そろそろ二人の装備も作り直したいし、ちょうどいいか。修復だけじゃなく、改良しよう」

もともと、前世の知識を駆使した装備を二人には作っていた。

銃はもとより、防刃インナーや特殊合金のナイフなど。

それらを上回るものを作るには、技術革新よりもより優れた材料が必要だ。

幸いなことに、魔族という化け物を何度も倒してきた。

魔族の強さとは肉体の強さに依《よ》るものが大きい。材料工学では説明できない、ありえないほど優秀な素材となりえる。

倒した魔族は青い粒子になって消えていくのだが、強い存在の力が残った一部が消滅せずに残ることがある。

俺は今まで倒した魔族の身体を回収し、保管していた。

「あっ、それ面白そう」

「私も楽しみです」

二人も興味深そうだ。

「なら、今日は訓練は軽めに切り上げて、装備づくりをするとしよう」

授業中に設計を煮詰めておこう。

今日の授業なら片手間でも対応できるだろう。

◇

放課後になり、一通りの訓練を終えてから工房に移動する。

「ねえ、ルーグ。なんで、一学生が工房なんて持ってるのかな？」

「まあ、いろいろとあるんだ。必要だから用意してもらった」

ここの学園長は、暗殺貴族の協力者であり、交渉次第で便宜を図ってもらえる。

「今のところ、攻撃力は十分に足りている……とは言い切れないが、なんとかなる。より防御力を高めたいところだ。どれだけ強くなっても、不意の攻撃で即死なんてこともありえる」

「私は特にそうだね。詠唱中、結構怖い時があるもん」

戦闘中に魔法を使う魔力持ちは少ない。

その理由は、詠唱中の防御力の低下だ。

魔力持ちの強さは、魔力による身体能力強化と防御力の向上にある。

ただ魔力を放出しながら暴れるだけで、一騎当千の働きができる。

しかし、魔法というのは術式を描き、魔力を込めて発動するものだ。その性質上、詠唱を始めた段階で体を守る魔力はなくなり、一般人並みの防御力になる。

魔法を一切使わず、身体能力強化だけで戦うのが一番確実であり、それが魔力持ちのセオリーだ。

あえて俺がディアにそうさせないのは、セオリーを超えるパフォーマンスができるため。

魔法を戦闘に組み込むことによる利点は、リスクを上回る。

「難しいですよね。身体能力強化のほうに多く魔力を回しちゃったら、魔法の威力が激減しますし、魔法に魔力を多く回すと守りが弱くなります」

「うんうん、だから本当なら鎧《よろい》を着たいところだけど……それこそ、身体能力強化しないとろくに動けなくなっちゃう」

防御力が高いものは重い。

それはこの世界の常識だ。

「ルーグの、その砕けて衝撃を殺すってインナー、私たちにも作ってよ」

「金属鎧よりは軽いが、やっぱり二人には重すぎる。だから、鎧より硬くて、服より軽いインナーを作る……いや、キャミソールにしようか。それなら、普段使いもできる。日頃から身に着けておけるほうがいいだろう」

「あっ、それなら普段使いできます」

「私もうれしいかも。昨日ルーグが言ってたみたいに、割と本気で暗殺されかねないからね、私たち」

インナー程度の薄い衣服で、対斬撃性と対衝撃性を両立するのは難しい。

いや、不可能と言っていい。

物理学を無視するような素材がなければ。

「それで、どんな材料を使うの？」

「聖都で戦った人形遣いの魔族を覚えているか？」

「忘れられるわけないよ」

「すごく厄介な敵でしたね」

「あの魔族は大勢を操るときは思念波の糸を使うんだが、強者を強制的に支配するときは物理的な糸を使う。そして、これがその糸だ」

この糸は人形遣いが青い粒子になって消えたあとも残った。

いろいろと試してみたが、カーボンナノチューブ以上の強靱《きょうじん》さと軽さをもった素晴らしい素材だった。

以前に実験したが、数ミクロンの細さの糸で、五トンの重量を吊《つ》り上げても全く危なげなかった。信じられない強靱さ。

「ねえ、その糸、触っていいかな」

「ああ」

「軽いね、これだけまとめて持ち上げても、重さを感じないよ」

「それに手触りもいいです」

「これを刺して思念を通し、相手を支配するなんて芸当ができるように、魔力の通りもすこぶるいい。これでキャミソールを編み上げれば、軽くて丈夫で魔法との相性もいい最高の防具になる」

「わくわくするね」

ディアがはしゃぐ。

だが、タルトの顔が青ざめている。

……気づいてしまったか。

「あの、これで、キャミソールですか？」

「そうだ」

「毛糸と違って、見えないぐらい細い糸でキャミソール。ちょっと、想像するだけで怖くなってきました。完成に何年かかるんでしょうか……」

「いや、さすがに手編みはしない。機織り機を作るつもりだ」

「買うんじゃなくて作るのがルーグらしいよ」

「仕方がない。この糸は強すぎて、市販品だと機材がもたない」

手編みをするなら毛糸のマフラーですら一週間かかる。さらに、糸が細ければ細いほど編むのに時間がかかる。

こんな細い糸ならかかる時間は十倍以上、それをマフラー以上に面積が大きいキャミソールでやるなんて何年かかるかわかったものじゃない。

「ほっとしました。初めてルーグ様に手編みのセーターを編んだとき、一か月かかりましたし」

「小さくて着られなくなったけど、あれは大事にしまってあるよ」

「そんな、その、捨ててもらって結構です」

「捨てられないよ。タルトの気持ちが詰まっているんだ。いつか、子供が生まれたら着せてやろう」

「こっ、子供ですか……私と、ルーグ様の子供、えへへへへ」

初めてなのに、できはよかった。ひたすら丁寧でいっさい手を抜かないタルトだからこそ、初めてであれほどのものを作れたのだろう。

成長して着られなくなったが、俺の宝であることは変わりない。

「そういうのいいなー。私、ルーグに何も作れてあげてないし」

「何を言っているんだ？　ディアからはたくさんもらっているよ」

「そんな記憶ないけど」

「ディアと一緒に作ったたくさんの魔法、そのどれもが俺の宝ものだ。ディアがいたからこそ、作れた魔法たち。感謝してもしきれない」

ディアは顔を赤くして、それからえへへと笑う。

「うん、感謝してよね。私、魔法が好きだからっていうのもあるけど、ルーグのためでもあるんだからね」

「知ってるよ。ありがとう……そんな二人の命を守るためにも頑張って防具を作らないとな」

俺は笑い、魔術で金属を生み出す。

材料が金属だと楽だ。

なにせ、図面がありパーツごとに寸法と形状が決まっていれば、その通りに生み出せばいいのだから。

単一成形故に、複雑なものは作れないが、複数のパーツに分けてくみ上げればどうにでもなる。

「これが機織り機の図面だね、あっ、授業中にこれ描いてたんだ」

「こんなものを描けてしまうルーグ様が怖いです」

前世の知識の賜物《たまもの》だ。

暗殺者として様々な人間を演じてターゲットに近づいてきた。そのためにありとあらゆる知識を吸収する必要があった。

とはいってもさすがに機織り機の設計図を知っていたわけじゃない。映画か何かで、それが作動している映像を見て記憶しており、その動作と求められる機能から逆算して図面を描いたのだ。

「このパーツ全部できたら、くみ上げだね。うわぁ、パーツ数が百を超えてるよ」

「それなりに複雑な機構だからな」

「すごいですね。キャミソールを作るために、キャミソールを作る機械を作るためのパーツを作るところから始めるなんて」

「そう珍しい話じゃない。目的のものを作る機械を作る機械を作る機械を作る機械を作るなんてこともザラだ」

「頭が痛くなってくるよ」

工業における宿命だ。

何はともあれ、こうして三人での作業なら今日中に機織り機はできるし、機織り機があれば半日ほどで二人分のキャミソールを作れる。

これほど美しく透明度の高いしなやかな糸は見たことがない。これは防具だが、編み上がれば、素晴らしいキャミソールになるだろう。

Episode12

第十二話　暗殺者は羽衣を贈る

The world's best assassin, to reincarnate in a different world aristocrat

機織り機ができてからはさほど苦労はしなかった。

二着のキャミソールを織るためだけに、機織り機を作るのはどうかと思ったが正解だった。

完成品が目の前に二着ある。

二人ともまだ成長期であるため少し大きめに作ってあった。ディアはともかく、タルトがまだ成長中というのは恐ろしい。

できれば予備のものも作りたいところだが、人形遣いの糸はもうあまり残っていない。今後のことを考えると、予備に回す余裕はなかった。

「すごいね、これ。なんか、透けて見えるよ」

「……これ、けっこう着るの勇気がいりますね」

ディアとタルトが完成したキャミソールを見て、頰《ほお》を染めている。

「人形遣いの糸は、不意打ちをするためか、見えにくくなっていたからな……それを織りあげればそうなるか」

糸そのものが透明というのも考えてみればすごい素材だ。

転生前の世界にも透けるキャミソールなんてものはあったが、あれは極端に細い糸を使い、隙間を多くして織り上げた布であり、糸や布自体が透明なわけじゃない。

防具としての性能を考え、隙間なくしっかりと織り上げたにも拘《かか》わらず透明、なんてのは、転生前の世界でも作ることはできなかっただろう。

「これ、色とかつけられないかな？　そしたら、もっと素敵だよ」

「透明なのは俺も気になっていて、染めようとしたが何をしても色が乗らない」

俺は二人の目の前でキャミソールに赤い染料を塗る。しかし、染料が弾かれる。

いろんな染料を試し、さらに塗るだけじゃなく漬け込んだり焼き付けてみたりと様々な手法も試したが、だめだった。

「そっか、じゃあ仕方ないね。うん、よく考えたら、どうせ服の下に着るものだしね」

「その、私は別にいいですけど。ディア様の場合」

タルトがそう言うと、ディアの耳が赤くなった。

「ルーグの前で、そういうこと言わないでよ！」

「ごっ、ごめんなさい」

なんとなく事情を察した。

もともとキャミソールは下着の上に重ねるもの。

タルトは発育が良くブラが必要になるが、ディアの場合はキャミソールだけあればいい。素肌の上に透けるキャミソールなんてものを着れば大変なことになる。

「その、なんだ。オルナの伝手《つて》で小さくてもかわいい下着を探そう」

ディアの胸はないわけじゃない。

少しずつだが成長していて、そろそろＢカップと呼べなくもない感じだ。

ブラはなくてもいいが、あった方がいいと思う。

柔らかく着け心地がいい素材のものを、マーハに見繕ってもらおう。

「余計なお世話だよ。持っているからね！　ただ、面倒で使わないだけで。キャミのほうが楽だもん」

ディアは魔法以外のことに関しては意外とずぼらなところがある。

貴族令嬢だけあって公な場では指先まで神経を張り巡らせて完璧な淑女を演じるが、私生活では楽できるところは楽をしてしまう。

厚い生地のキャミを素肌の上に着るのも、ディアらしい。

「持っているのは知っているが、あまり質が良くないし、サイズがあってない。……そのなんだ、気付いていないようだが成長しているんだ。この機会にいいものを買った方がいい」

「えっ、嘘《うそ》!? 本当に」

デリケートな話だからおずおずと切り出したというのに、ディアは目の前で自分の胸を揉《も》む。

「言われてみればそんな気がするよ……もう、諦めてたのに！ ルーグ、やっぱり下着買って。あとで、サイズとか教えるね」

「ディア様ってすごいです」

タルトの賞賛は、胸が成長していることにではなく、そういうことを堂々と言えることに対してだろう。

「任せておいてくれ」

ヴィコーネの血筋は成長が遅いというか、老いにくい。

母さんがもう三十代後半だというのに、いまだに若いのはその血筋ゆえ。それと同じ血筋のディアだ。

もうすぐ十七歳の誕生日を迎えるが、肉体年齢は十四、十五というところだろう。まだまだ成長する可能性はある。

「それとね」

「なんだ？」

「この前、変装で使った、偽のおっぱい。あれもほしい！」

「それは止めておけ。一度ああいう見栄《みえ》を張ると、一生見栄を張る羽目になる」

「それは、やだけど……」

ディアが言っているのは、パッド入りのブラのこと。

以前王都で身分を隠してパーティに忍び込む必要があったときに、印象を変えるためにそういうものを用意した。

俺が自ら作った変装道具ということもあり、一切の違和感なくディアを巨乳に偽装できるクオリティだった。

それをつければ、巨乳だと周囲を偽れるだろう。だけど、ある日突然胸が縮んだなんて言えない。一度つければ、それを一生つけ続けるか、胸を盛っていたという恥を晒すかの二択。

ある意味呪いだ。

「わかったら諦めてくれ」

「ルーグのケチ」

「ケチで言っているわけじゃないのだが……さてと、今日はここまでにしよう。先に帰っていてくれ」

「ルーグは戻らないの？」

「ディアたちの装備を優先して、結局壊れた防弾チョッキの修理が終わってない。それを終わらせてから戻る」

「ルーグもキャミソールにしたらいいのに。そっちのほうが楽だよ」

「俺の場合、体力があるし、多少重くなってもより防御力が高いほうを選びたい」

対斬撃性能だけで言えば、キャミもチョッキも大差ないが、どうしても対衝撃性能はチョッキでないと満足がいくものにならない。

これは俺の命綱。

常に服の下に着こんでいたい。

【聖人】なんてものになったんだ。羨望だけでなく嫉妬も受ける。自分の勢力に取り込めないのなら排除するという貴族も現れる。

俺は死にたくない。

道具ではなく人として生きて、やっと幸せを摑《つか》んだのだから。

「手伝うよ……って言いたいけど、逆に邪魔になっちゃうもんね。うん、先に帰ってる」

「夜食を用意して待っていますね」

二人がキャミソールを胸に抱いて、帰っていった。

あれを着てくれるなら、少しは安心できる。

俺はなにも、自分の分を忘れてキャミソールづくりにのめり込んだわけじゃない。

俺以上に二人が狙われる可能性のほうが高い。

強い相手を追い込むとき、その周りの人間を狙うのが常道。

だから、自分の装備以上に二人の装備を優先した。

いつの世界も本当に怖いのは日常に潜む人間の悪意。

「さてと、もうひと頑張りするか」

改良プランはすでに考案済。

人形遣いの糸は防弾チョッキにも使って試してみよう。

◇

ついつい改良に熱が入り、寮に戻ったのは深夜だった。

もうとっくに彼女たちは眠っているはずの時間。

だというのに……。

「ルーグ様、お帰りなさい」

「もう、遅いよ」

二人は待っていてくれた。

二人ともワンピースタイプの寝間着に着替えていた。ふんわりした素材のゆったりとしたもの。

ムルテウで購入したもので、最近の流行。とても着心地がよく、身体を締め付けず安眠できるらしい。

「先に寝てくれて良かったのに」

「なんか、そういうの悪い気がするからね……それと、これ。ルーグの防具づくりは手伝えないけど、ルーグががんばっているのに、遊んでいられないよ。ルーグのために新しい魔法を作ったよ」

ディアから術式が書かれた紙を受け取る。

それを読み上げていく。

「……なるほど。これは、面白い。この発想、自分でたどり着いたのか」

「いつまでもルーグに驚かされてばかりだと天才の名が泣くからね」

ディアがふふんっと鼻を鳴らす。

驚いた、本当に。

転生した俺ならともかく、この世界の住人のディアがこんな発想の魔法を生み出すなんて。

便利な魔法ではない、使いどころは限られる。だが、うまく使えば追い込まれた状況から逆転の一手になりえる。

「私は、そういうの作れないので。いつも以上にお掃除がんばって、お夜食作ってました」

「ありがとう。頭を酷使したから、甘いものが欲しかった」

今回の改良は難産だった。

脳がブドウ糖を欲している。

タルトが作ったカップケーキを口にする。いつもながら俺好みの甘さだ。

しかも、夜食であることを考慮して、牛乳の代わりに豆乳を使って軽く仕上げてある。

タルトより料理がうまいものはたくさんいる。腕だけなら俺だってタルトより上だ。

でも、タルト以上に俺の好みをわかってくれる人はいない。

俺よりも俺の好みを知っている。きっと、タルトが今まで作ってくれた料理が全部、俺のためのものだったからだ。

「それとね、もう一つお礼があるんだよ」

「その、ディア様、本当にやるんですか？　ルーグ様が喜んでくれるならがんばりますけど？」

「間違いないよ。こう見えてルーグってけっこうエッチだもん。むっつりタイプだね」

「ひどい言いようだ」

否定できない自分が怖い。

人間らしく生きることが転生後の俺の目的。

だから、時折芽生える欲求にはある程度素直に従っているだけなのに。

「……ルーグ様が喜んでくれるなら、その、えいっ！」

二人がワンピース型の寝間着を脱ぐ。

すると、その下に隠されていた下着が露《あら》わになる。いや、透明でひらひらとしたキャミソールごしに見えているだけだ。ついさっき完成したばかりのそれを身に着けていた。

タルトの下着はシンプルなもの、ディアは凝った作りのもので少し寄せてあげている。

ディアのは初めて見るものだ。デザインからして普段使いは無理そうだ。よほど注意深く洗わないとダメになってしまうだろう。つまり、普段使いしない用途で作られた下着。

こういうものをディアが持っているとは考えにくい。……たぶん、母さんの仕業だ。

「どう？　着ているところを見せてあげようと思って。可愛《かわい》いでしょ」

「ううう、恥ずかしいです」

「……不思議だ、ただの下着姿よりも透明なキャミソール越しのほうが煽情《せんじょう》的に感じる」

「ルーグ様、冷静に分析しないでください！」

防具としての性能しか考えていなかったが、これはいい。

なにか、本能に訴えかけてくるものがある。

「ありがとう。疲れが吹き飛ぶよ」

「ふうん、それだけ？」

「……いや、俺も男だ。欲情する。本音を言えばそういうことを考えはしたが時間が遅いし、三人でいるときに誘うのは失礼だろう」

この肉体は若い。そして、ディアとタルトも可愛い婚約者だ。こんな姿を見せられたら、そういうことを考えてしまう。

だが、だからと言って三人でいるのにどちらかを誘ったりするのは失礼だし、二人ともというのはどこのハーレム野郎だとなる。

「じゃあ、私が誘うね、いや？」

「いやじゃない、というか嬉《うれ》しいが」

「私の部屋に行こ」

「はわわわわ」

タルトがあたふたとしてる。

そんなタルトにディアが笑いかける。

「タルト、自分からしてほしいこと言わないと、ずっとこうやってルーグを独り占めされちゃうよ。口で言っても伝わらないみたいだし、これからはこうやっていじわるするから」

そう言いながら、ディアは俺の手を引く。

苦笑する。

本当にいいお姉さんだなと。

タルトの消極的なところを直すにはこれぐらいの荒療治が必要だ。

まるでおもちゃを取り上げられた子供のような、そんな顔をしたタルトを置き去りにしてディアの部屋へと行く。

ディアと愛し合うのは久しぶりだ。

Episode13

第十三話　暗殺者は友の足取りを追う

The world's best assassin, to reincarnate in a different world aristocrat

今日は休日、授業はない。

時間を自由に使えるということもあり、自室で情報網を使って得られたノイシュの痕跡を分析していた。

なんとしてもノイシュの足取りを摑《つか》みたい。

四大公爵家の跡継ぎであるノイシュの失踪は騒ぎになっている。今までも彼が居なくなったことはあった。

しかし、ノイシュは騒ぎにならないように配慮していたのだ。今回はそれすらない。つまり、戻る気はないということだ。

「ローマルングのほうで、何か情報があればいいが……」

そして、俺の忠告を受けてネヴァンもローマルング公爵家の諜報《ちょうほう》部を使いノイシュを捜している。

この件には父も駆り出されていた。この国で五指に入る暗殺者。父以上の適任者はいない。

分析作業が一区切りついたころ、伝書鳩《でんしょばと》がやってきた。

「父さんからの手紙か」

トウアハーデで飼育している特殊な品種。

普通の伝書鳩よりも速く飛べ、丈夫で強い。

手紙を受け取り、暗号文で書かれた中身を読み解く。

「……物騒な手紙だ」

父さんからの手紙はまるで遺書だった。

トウアハーデ男爵家にとって重要な書類の保管場所、さらには正式に俺が跡を継ぐために必要な書類に判を押してあるというメッセージ。

今まであえて教えなかったトウアハーデの秘密が書かれてあるという本の在りか。

ほかにも領主の業務を引き継ぐにあたり必要なことが書かれている。

そして、自分がいなくなったら母さんと生まれてくるであろう妹を頼むと。

それから……。

「あの父さんが、こういう茶目《ちゃめ》っ気《け》を出すなんて。……いや、冗談じゃなく本気か」

もし、自分が死んだあと母さんが再婚しようとしたら息子の立場から感情的に反対しつつ、的確で冷静に妨害をしろと書いてある。

普通は母さんが残りの人生を幸せに生きられるよう考えるべきではないか？　と思わなくはないが、死んでも独り占めしたいぐらいに母さんのことが好きなのだろう。

俺も、ディアが再婚するなんてことを考えると胸が苦しくなる。

「こんなものをよこしたんだ……そういう覚悟が必要な仕事だと感じているのか」

そんな依頼をされるきっかけを作ったのは俺だ。

万が一があったとき、この遺書の内容を確実に果たすと誓う。

母さんの再婚絡みについては、何もしなくて済む。母さんが父さんが死んだあとに再婚するなんて性格的にありえない。


情報の分析が終わった。

「駄目だな、ノイシュの足取りを摑むには至らない。ただ、一つだけ気になることがある。ゲフィス領に派遣した諜報員の文体が少し変わっていないか？」

通信網によるリアルタイムな連絡の際には、各地の諜報員が報告書を読み上げ、それを録音し、俺がまとめて聞くという手法を取る。

声は間違いなく、ゲフィス領に派遣した諜報員のもの。だが、読み上げている報告書の文体、言葉の選び方、それらに違和感がある。

……まるで、誰かが用意した報告書を読み上げさせられているかのように。

俺は諜報員たちを信用している。だが、彼らが敵の手に落ちる可能性を常に考慮している。

だからこそ、全員の声、そして文章の癖を覚えているのだ。

（ゲフィス領はノイシュの実家、そこで諜報員に起こった異変。偶然と考えるほうがどうかしてる）

もし、諜報員が蛇魔族の手先に捕らえられ、無理やり奴《やつ》らが作った報告書を読み上げさせられているのであれば？

（諜報員たちには、通信機の子機を持たせても、親機の在りかは教えていない……通信網が壊滅することはない。だが、今後は通信網に流れる情報、特にオープンチャンネルのものは敵にも聞かれていると考えるべきだ）

一度、ゲフィス領に向かうか？

いや、その前に情報を得てからだ。

ゲフィス領はもっとも警戒すべき場所。ネヴァンだってそれはわかっている。

つまり、ローマルング公爵家の力で徹底的に調べた情報があるはずだ。

◇

ネヴァンを訪ねた。中庭にあるテラスへと移動し、茶を勧められる。

同じ特待生寮のため、会う気になればいつでも会える。

先日、ようやくアラム・カルラの安全が確認できて護衛の任を解かれ、学園に戻ってきた。

「あらあら、ルーグ様が訪ねてくださるなんて。まだ、明るいのに夜這《よば》いですの？」

「冗談を言っている場合じゃない。……通信網を使う諜報員がゲフィス領で捕らえられ、操られてる」

「……へえ、何が起こっているのでしょうね」

「ゲフィス領で何が起こっている？　知っていることを話せ」

「情報はありますの。でも、それをただで教える義理はないですわ」

「俺は諜報員の情報が漏れたのは、ローマルングからだと疑っている」

「ありえますわ。でも、確証はないのでしょう？」

俺は取引の上で、通信網を使わせると約束した。そのために、通信網にアクセスできる諜報員の情報をローマルングに渡したのだ。

「そうだな、だが……うちの諜報員に異変が起きたという情報は、それなりの価値があるだろう。その対価がほしい」

「そうですわね。認めましょう。さてとどこから話したものやら。ゲフィス領で、次々に名のある騎士が行方不明になっておりますの。真っ先にいなくなったのは、ゲフィス公爵家の近衛騎士たち。四大公爵家が召し抱える中でもエリート中のエリートだけあって一騎当千の強者。我らローマルング公爵家を除けば、近隣諸国含めての最強騎士団。その中核たちが、です」

　ゲフィス公爵家の近衛騎士は強い。剣を使った一対一の決闘であれば俺でも苦戦する。アルヴァン王国における三大騎士団の一角。

「……そんな大事件が俺のもとに届いていないということは、諜報員はかなり前の段階で傀儡《かいらい》にされたと考えるべきか」

「間違いありませんわね。そして、我々ローマルング公爵家もそれを知れたのは、昨日、キアン・トウアハーデからの報告を受けてからですの」

「ありえないだろう。ローマルング公爵の諜報員があの街には居たはずだ。そんな重要な情報、すぐにでも伝書鳩で」

「ええ、そうでしょうね。うちの諜報員も同じく、敵の傀儡です。ふふふっ、やってくれますわね。ここまでこけにされるなんて」

　とんでもないことだ。

　うちの諜報員が敵に捕まる。それは由々《ゆゆ》しき事態だが十分にありえること。通信網を使えるという圧倒的なアドバンテージがあるものの、もともとが俺に心酔した騎士から適性のあるものを採用しているに過ぎず、諜報員としては一流とは言い難い。

だが、ローマルング公爵家の諜報員は違う。素質があるものが高度かつ専門的な訓練を受けた超一流、そんな超一流が捕まるなんて考えにくい。

「ローマルングが誇る精鋭中の精鋭が、複数人派遣されているはず。仲間が捕らえられたと報告する間もなく一網打尽？　しかも、自害すらせずに敵にいいように使われて誤った情報を流している？　信じられない。その情報に間違いはないのか？」

「ええ、耳を疑いましたわ。でも、残念ながら裏は取れていますの。さっきはああ言いましたけど、申し訳ございません。状況と、あなたの諜報員が潰されたタイミングを考えると、情報が漏れたのは当家からですわ」

頭を下げる仕草すら優雅。

……事態は、俺が考えていたよりも数段まずいようだ。

「ゲフィス領は、もう何者かの手によって完全に落ちている。情報統制が完全に敷けるレベルで侵略が終わった。ゲフィス領に人類の敵が潜んでいるなんて、そんな可愛《かわい》らしいレベルじゃない。もうすでにゲフィス領そのものが敵の傀儡になったと考えるべきだ。即座に」

そこまで言いかけたとき、気配を察知した俺とネヴァンは立ち上がり、全身を全力の魔力で強化し、それぞれの武器に手を伸ばした。

「うふふふふ、二人ともやっぱりいいわね。あの子が嫉妬するだけはありますわ。欲しいですわね、コレクションにして飼い殺してしまいたい」

現れたのは妖艶な女性だった。

褐色の肌をし、蛇のように縦割れの瞳をしている。

その正体は蛇魔族ミーナ。

俺の同盟者にして、人類の文化を愛した魔族。

「……人間の皮を被るのは止めたのか」

彼女は人間の貴族に擬態して、貴族社会に入り込んでいた。

ゆえに、人間の街にいるときは人の似姿をしていた。

しかし、今は蛇の瞳を隠さず、蛇の尾まで出し、何より圧倒的な力を惜しみなく晒《さら》している。

何が、戦闘向けじゃないだ。

俺が戦ってきた、どの魔族よりも強い。

「だってもうその必要もありませんもの。あなたたちの推測は正解。それを使って、この国を私のものにするのよ」

「ゲフィス領を乗っとったことを言っているのか？　行方不明の騎士たちは、もうすでに蛇人間というわけか」

「うふふっ、ここからですのよ。ノイシュちゃん率いる、私の可愛《かわい》い子供たちが次々に他の領を侵略していくの。たかだか人間にはどうしようもないでしょう？」

この国で唯一、ローマルング公爵に喧嘩《けんか》を売れるゲフィス公爵家の精鋭たちが、蛇魔族になりさらなる力を得ているとすれば、この国すべてを手中に納めることは可能。

「人間の文化を楽しむんじゃなかったのか？」

「あら、世界征服をしてからでも十分に楽しめますわ。だって、私は魔王になるんですもの。言ったでしょう、殲滅《せんめつ》じゃなくて征服だと。降伏すれば必要以上の殺しも、破壊もしませんもの」

何か、状況が変わったらしい。蛇魔族は戦闘力が他の魔族と比べ落ちる。ならばこそ、俺に競争相手を潰させてきた。まだ、蛇魔族以外にも魔族が残っている。それでも、俺を切る判断ができた何かが起こった。

「それを言いに来たのか」

「ええ、今日で終わりとはいえ、同盟関係でしたもの。義理は果たさないと。今まで私のために邪魔な魔族を倒してくださってありがとうございました。お疲れ様」

「どういたしまして」

微笑《ほほえ》みながら、殺すための準備をする。

ここで始末できれば、被害は最小限に抑えられる。

だが、俺はネヴァンに警戒されないよう、装備は最小限で来ている。それにそもそも、ここにはディアがいない。

俺一人で、【魔族殺し】を当て、なおかつ致命傷を与えられる可能性は極めて低い。

「それとね、もう一つ用事があるのよね。可愛くて馬鹿なあの子のお願いを聞いてあげようと思って」

蛇魔族ミーナの姿が消える。

高速移動ではない、一切の気配が消えた。まさしく瞬間移動。次に現れたのはネヴァンの前だった。おそらくは何かしらの能力。

ミーナは彼女の顎に手を当てて顔を持ち上げる。

「うふふっ、あの子、生意気にも私に条件なんて出したの……あなただけは殺さないでって。綺麗《きれい》な子、とってもいじめがいがありそうね」

ネヴァンは無言でハイキック。

見事な一撃、鍛え抜かれた騎士であろうと一撃で首をへし折るだけの威力がある。

そんな蹴りをミーナは容易《たやす》く摑《つか》んだ。

「あらあら、女の子がそんなに足を上げて、はしたない……傷つけないって約束だけど。正当防衛だし、仕方ないわよね？」

「がはっ」

掴まれた足を軸に回転しつつ追撃を放つネヴァンの一撃が届く前に、ミーナは彼女を放り投げる。

ネヴァンの身体がレンガの壁にめり込み、彼女は気を失った。

「……その強さ、まさか。もう、魔王なのか」

「うふ、うふふふふ。大ハズレ。ただ、たんに餌を手に入れただけよ。ルーグちゃんが回収してくれたね」

「まさか、【生命の実】を」

「ずいぶん念入りに隠して、封印していたみたいだけど。無駄よ、私から隠せるわけがないじゃない。なにせ、魔物だけじゃない、世界中の蛇、ぜんぶが私の触覚。あなた、暗殺者でしょう？　人間にしては頑張っているけど、蛇に勝てるわけがない。蛇は生まれながらの暗殺者よ」

たしかに蛇という生き物は天然の暗殺者と言うべき存在だ。

視力に頼らずに、ピット器官を使うことで熱で世界を見る。赤外線サーモグラフィ。どれだけ気配を消すことに長けたものも、自らの熱を消すことはできない。

そして這《は》うという動きは、歩行に比べ音が出づらい。極めて低い視線は忍び寄り隠れるのに適している。

環境適応能力が高く、どこにでも生息できる。蛇を通して世界を見るというのが本当なら、彼女の目を盗むことは不可能だろう。

「魔王もどきになれて良かったな。だが、魔王になるには最低三つ【生命の実】が必要だろう？　あと二つの算段はあるのか？」

一つでこれだけ規格外に化けた。

彼女に魔王になるという意志があるのであれば、今のうちにここで潰すしかない。

「ええ、もうすぐ二つ目が収穫できるのよ。あの子が騎士を率いて自分の領民たちを使って作ってくれてるの。三つ目だってすぐ。うふっ、うふふふふ」

……信じられない。

俺もトウアハーデという領地をいずれ治めていく。だからこそ領主の心意気というのがわかる。

民を守るべき領主が、民を差し出した？

そんなことは許されない。

混乱しながらも、身体は敵を排除するために動く。

拳銃を引き抜き、三点射。

しかし、そのことごとくが弾かれる。

先日、エポナと戦ったときのことを思い出す。肌で感じる脅威は、それに匹敵する。

「もう、ひどいわね。手を出すつもりはないのに。そこの綺麗な子を殺さなかったのは、あの子のわがままだけど。ルーグちゃんだって、今まで頑張ってくれたのだし、殺したくないのよ。それに、私たちこれからもうまくやれると思わない？」

「……初めから力を手に入れれば裏切るつもりだったろうに白々しい」

「お互いにそうでしょう？」

違いない。

出し抜かれたほうが悪い。

「じゃあ、これで用は済んだわ。忠告よ。死にたくなかったら、私の邪魔をしないこと。手を出さなければ、放っておいてあげる。逃げなさい、逃げ続けなさい。そうすれば、死なずに済むから」

「手を出せば」

「そのときは、捕まえて、ペットにして飼ってあげる。二人ともね。あの子より、よっぽどいいおもちゃになりそう」

蛇魔族ミーナの姿が消える。

まずいことになった。

だが、詰んではいない。

逃げるものか。ここで逃げれば、この国は奴《やつ》に支配される。それは俺のトウアハーデ領も例外ではないのだから。

Episode14

第十四話　暗殺者は潜入する

The world's best assassin, to reincarnate in a different world aristocrat

ネヴァンを治療し、寝かせていた。

骨が折れ、内臓のいくつかに傷がついていたが、幸いなことに命に別状はなかった。

殺すつもりならできただろうに、あえてそうしなかったのは、ノイシュとの約束を守る気があったからだろう。

その彼女が目を覚ます。

「……私、生きてますのね」

「見逃された。ノイシュに感謝することだ」

「感謝もなにも、この状況はあの馬鹿のせいですわ」

蛇魔族がゲフィス領を掌握できたのは、ノイシュの手引きであることは間違いない。

「急いで手を打たないとな」

「ええ、そうね。【生命の実】、二つ目を作らせるわけにはいかないですわ。それが終われば、すぐに他領を侵略して三つ目が作られてしまう」

「……なんだ、意識があったのか」

「あの魔族が去る瞬間まで、必死に意識を繋ぎとめておりましたの」

「そうか」

「私は、しばらく戦えません」

「だろうな」

ミーナの手加減もあったが、ネヴァンは凄《すさ》まじい反射神経でダメージを最小限に抑えた。

それでも、まともに戦える体ではない。

「申し訳ございませんが、頼まれてもらえませんか？」

「内容による」

「あの子を殺してください。もう、それしかあの子を救う方法はないですわ。いかに完璧な情報統制と情報操作をしても、領民を大量虐殺なんてことを始めてしまえば庇《かば》いきれない。戦場で殺してあげるのが一番の幸せ」

「だろうな」

「領民を守ることこそ、貴族の本懐。民殺しの罪は己の命でも贖えないですわ」

ノイシュはアルヴァン王国の、人類の敵となってしまった。

仮に今からノイシュが蛇魔族と手を切ったところで、もう遅い。

ノイシュが人として生きていくことは不可能だ。

あいつにしてやれることは殺してやることだけ。

「ネヴァンには、どうしてノイシュがこんなことをしたかわかるか？」

「だいたいのことは。あの子は昔から、勝手に劣等感をため込む、そんな子でしたもの。あの馬鹿に出会ったら伝えてほしいことがありますの」

ネヴァンは完璧な人類であるその仮面を外し、弟を想《おも》う一人の姉としての顔で、その言葉を紡いだ。

「約束する。必ず伝えよう」

「できたらでかまいません。暗殺できるチャンスを潰してまでやることじゃない、そこは間違えないで」

俺たちトウアハーデの本業は暗殺。

暗殺の理想は、相手に気付かれる前に致命の一撃を与えること。伝言は暗殺者向けの依頼じゃない。伝言ができる時点で暗殺は失敗しているからだ。

「そのつもりだ」

「さすがはルーグ様。本当なら、王族から依頼を発してもらうという手順を踏まないといけないのですが、緊急事態なので略式でご容赦ください」

ネヴァンがローマルング公爵家の令嬢に相応《ふさわ》しい表情に戻る。

「王家に代わり、四大公爵家が一つローマルング公爵家の名において、暗殺貴族トウアハーデに命じる。国に害為《な》す病巣、ノイシュ・ゲフィスをアルヴァン王国から切除せよ」

それは暗殺貴族トウアハーデへの暗殺依頼を行う際の定型。

我が国の利益のために必要な殺しを為せという意思表示。

「ノイシュ・ゲフィスはアルヴァン王国の病巣であると認定した。暗殺貴族トウアハーデの誇りにかけて、病巣を切除する」

そして、命じられたままにではなく、己の目と耳と頭で、それがアルヴァン王国の益であると理解した上で依頼を受ける。

それこそが、暗殺貴族トウアハーデ。

この言葉を発した以上、後には引けない。

トウアハーデが暗殺貴族になってから、何百、何千とこの言葉は使われた。

そして、一度たりともその言葉を違えたことはないのだから。

◇

あれからすぐにローマルング公爵に連絡を取り、ネヴァンの負傷と事の顛末《てんまつ》を伝えた。

ローマルング公爵は迷わなかった。伝書鳩《でんしょばと》を飛ばし、ゲフィス領が魔族の手に落ちたこと、そして魔族に魂を売ったノイシュがその手引きをしたことが国中に通達された。

もうノイシュの居場所はこの国に存在しない。

そして、正式に【聖騎士】としての俺に任務が下された。

ノイシュを殺せと。

(ディアとタルトがいないことを心細く思うなんてな)

今回の任務は俺だけで遂行する。

ディアとタルトは置いて来た。

その理由は、今回の任務がゲフィス領へ潜入し、今多数の敵が溢《あふ》れる戦場でノイシュの暗殺を行うことだからだ。

戦力が違いすぎるため、見つかった時点でアウト。見つからないことに主眼を置くのであれば俺一人のほうが都合がいい。

また、今回は魔族との戦闘を想定しておらず、ディアの魔法【魔族殺し】を使う必要もない。

目立つハンググライダーは使えないため、月明りすらない夜の道を疾走していた。もうかなりゲフィス領に近い。

(まさか、勇者を囮《おとり》に使うとはな)

今回の作戦においてエポナの役割は囮。

真正面から突っ込んで、蛇の化け物に堕ちた騎士を相手に暴れまわり、蛇魔族ミーナを引きずりだし、交戦する。

囮と言いつつも、ゲフィス公爵家の騎士たちという特級戦力を削るという意図が見える作戦だ。

そのままノイシュをおびき出して殺せればそれでよし、倒せなくとも時間稼ぎをして、その間に俺がノイシュを捜し出し、殺す。

（……にしても、よく中央の狸《たぬき》どもはエポナの派遣を許したものだ）

今まで、エポナは王都に縛り付けられていた。

魔族は【生命の実】を作るために人口の多い都市を狙う。王都は危険だ。だからこそ王都にいる権力者たちは、己の命を守るために、勇者を常に手元に置いておきたかった。

（そうも言っていられないか）

ゲフィス領は王都にも近く、このあたりは高位の貴族が治める領地が多い。

魔族によって強化された、この国最強の武装集団。そんなものが暴れ始めたら誰も止められない。

それを止めるためなら、虎の子の勇者だって吐き出す。

この作戦は驚いたことに、俺とエポナだけで行う。

超速の奇襲を行うにはそれがベスト。他のものでは俺たちについてこられないし、他に合わせて作戦を遅らせれば、ゲフィス領での虐殺は終わり、【生命の実】が完成してしまうのだから。

◇

高台から、自作の双眼鏡でゲフィス領の中心にある、大都市ゲイルの様子を窺う。

「ひどい、ありさまだ」

体のどこかに蛇の特徴を色濃く現した騎士たちが暴れ回り、守るはずの領民を殺していく。

そして、殺された民の魂はその地に捕らわれ、一ヵ所に集められ、練り上げられていく。

【生命の実】の作製工程。人の魂を束ねて集めて捻《ね》じ曲《ま》げて形にする。

必要な数はおおよそ一万。

概算だが、すでに三千人以上が殺されている。逃げ回る民を殺すのに手間取っているらしい。

それを考慮するなら、虐殺が始まったのはほんの数時間前だろう。

(いっそ、全員死んでくれていたら楽ではあった)

もしそうならば、低燃費で高威力の【神槍】の絨毯《じゆうたん》爆撃を行った。

【神槍】は重力反転魔法で、高度数千キロまで上昇した槍を叩《たた》き落《お》とすというものだ。

その威力は大口径戦車砲の四百倍。

重力を利用する魔術ならばこそ、その威力がありながら消費魔力は驚くほど少ない。

街一つ消していいのなら、その【神槍】を数十発、打ち込むだけで蛇人間を絶滅させられた。

それ以上に効率的で安全な方法はない。

（まだ、街には一万を超える民がいる。それに、おそらく父さんも）

効率がいいからと言って、万を超える人間、そして父さんを敵ごと殺すなんて真似《まね》は俺にはできない。

たぶん、前世の俺ならやっただろう。

メリット、デメリットを比べればやるべきだ。

無数の魔物と蛇人間が溢れる街に潜入してノイシュを殺すなんて芸当は曲芸だ。成功率はそう高くない。

俺が失敗すればどっちみち街の人間が全員死ぬ。

あの街の人間全員殺す程度で確実にこの国を救えるのなら、損得勘定の天秤《てんびん》は街人を皆殺しにするほうに傾く。しかし――。

（ルーグ・トウアハーデはそれを選ばない）

甘い。

合理的じゃない。

それでもベストを、己の心に従って選ぶ。

それこそが今の俺なのだから。

◇

大虐殺が行われて混乱状態の街に入ること自体は簡単だった。

服装は一般的な町民のものを使い、変装用のマスクで別人の顔を作り、魔力の放出を極限まで抑える。

ゲフィス領は地獄だった。

遠目に見ていたときも地獄のように見えていたが、中に入るとより凄惨に感じる。

街を民を守るべき騎士たちが、民たちを殺してまわる。

街を包み外敵を退けるはずの外壁は、民たちを逃がさないための檻《おり》に変わっていた。

よく観察すると騎士たちにもいろいろなタイプがいるとわかる。

首から上が蛇だったり、全身に鱗《うろこ》が生えていたり、一見普通の人間のようだが舌だけが蛇だったり。

行動面では、嬉々《きき》として虐殺するもの、涙を流し謝りながら行うもの、人形のようになんの感情もなく殺し続けるもの、感情と行動が一致しないもの。

……これらの違いが付け入る隙になるかもしれない。

そんなことを考えながらもさらに騎士たちを観察し、指揮元を辿《たど》っていく。

(こんな状態になっても、騎士であり、統率の取れた軍人か)

これならばやりやすい。

騎士というのは、命令系統をしっかりと作っている。

まず、四人を基本とした小隊、そしてその小隊を取りまとめる中隊、さらにその上の大隊となるように、上から下へと命令が伝わるようになっている。

だから、例えば小隊を深く観察すれば命令を下している小隊長がわかる。

その小隊長を観察すれば、そいつに指示を出しているものがわかる。それが中隊長だ。

そこからさらに上へ上へと辿っていける。

その頂点にいるのは、ノイシュ。

今のゲフィス領の支配者は蛇魔族ミーナだが、ノイシュでなければ軍の指揮が執れない。

(末端まで練度が高い。規律をしっかりと守っている。だからこそやりやすい)

領地ごとに騎士たちの性質は違う。

練度の低い騎士たちだと、ほとんど放任で戦いの前にざっくりとした命令だけされて、あとは現場の判断……なんてことも珍しくない。

そういう騎士たちは弱く、規律のしっかりしている騎士たちほど厄介だが、今回だけは読みやすく楽だ。

そうやって、逃げ惑う民衆に紛れながら指揮系統を辿っていく。

(そろそろノイシュの尻尾が摑《つか》めるか……いや、なんだ、東から、ふざけた魔力が⁉)

爆音、そのあと大地が揺れた。

莫大《ばくだい》な魔力を感じた東のほうを見ると、ごそっと外壁がなくなっていた。

閉じ込められ、逃げ惑うだけだった民衆が、街の外へ逃げようと殺到し、騎士たちが組織的な動きで道をふさごうとするが、それは敵《かな》わず、黄金の疾風によって薙《な》ぎ払われる。

「みんな、安心して。この勇者エポナが来たからには、こんな非道は許さない！」

エポナの登場。

……予想以上に早いな。

途中までハンググライダーでショートカットした俺と一時間ほどしか到着時間が変わらない。

勇者の登場で、民たちに希望が生まれる。感謝の涙を流し、祈り、声援を送る。

まさしく勇者。

その勇者は次々に、蛇の魔物になった騎士たちを駆逐していく。

あまりにも一方的だ。

中には俺と同格程度の力を持つ騎士までいたが、まるで相手にならない。

これこそが勇者。規格外の化け物の力。

俺との模擬戦、あれでもまだ全力ではなかったらしい。

そんなエポナが吹き飛ばされる。

少し、驚いた。

ノイシュではなく、蛇魔族ミーナが現れた。

「勇者様、お早いご到着で。これ以上、私のおもちゃを壊されると困ってしまいますの。私がお相手いたしますわ」

「君が親玉だね。僕が君を倒す」

強大な力と力がぶつかる。

うれしい誤算だ。

最悪の敵、蛇魔族ミーナの注意はエポナが引いてくれる。

この間に、俺は俺の仕事を行って見せよう。

そう、友にして、人類の敵となったノイシュ・ゲフィスの暗殺を。

Episode15

第十五話 暗殺者は友を追う

The world's best assassin, to reincarnate in a different world aristocrat

勇者エポナと蛇魔族ミーナとの戦いは壮絶だった。

別次元の戦い。音と光だけで世界の終わりを感じてしまう。

……今代の勇者は経験不足のせいで成長していない。いったい、それはなんの冗談だと思いたくなる。

（エポナは弱くなったと自分で言っていたが、それでもこれか。これなら、助力の必要はない。むしろ、邪魔になる）

音がどんどん遠くなる。

街から離れていく。

以前のエポナは力を解放して熱くなると周りが見えなくなり、破壊をまき散らし、敵味方なく蹂躙《じゅうりん》した。

だというのに、今は街に被害が出ないように配慮する余裕がある。

彼女も、彼女なりの努力をしてきたのだろう。

俺は、自らの役割を果たすべく、命令系統を辿っていき、その途中でとあるものを見つけた。

（父さんのサイン）

トウアハーデでの任務は少数精鋭で行うことが原則とはいえ、状況によって協力して行うこともある。

民家の壁に、自然にできたとしか思えない傷があった。

現地で秘密裡《ひみつり》に連絡を取り合うための暗号だ。

その意味は合流を意味するもの。同時に次の目的地を指しており、次々に辿っていけばいずれ父が待つ場所へとたどり着ける。

（選択を間違うな）

もしここで命令系統を追うことを中断し、サインの通り父と合流すれば、また一から命令系統を辿らないといけなくなる。

勇者エポナが負けるとは思わない。

しかし、時間を無駄にしていいわけがない。

俺は決断する。

（父さんとの合流を最優先で行う）

トウアハーデの当主、キアン・トウアハーデ。俺が現れるまでは歴代最高のトウアハーデと呼ばれた男。

その父さんが、この状況で俺の時間を奪うことの意味がわからないはずがない。

それでもなお、合流しろと命じた。

俺の知らない何かを知っており、それを知らなければ致命的な間違いをするということに他ならない。

この決断は、父さんへの信頼を根拠に行う。

◇

いくつかのサインを辿り、やってきたのはスラム街の廃墟《はいきょ》だった。

トウアハーデ式のノックをする。

音の鳴らし方と間隔にコツがあり、何気ないノックのように聞こえるそれで、敵と味方を識別するのに加え、己の現状を伝えることができる。

部屋の中から音が聞こえた。入れという返事だ。

誰にも見られていないことを確認する。人だけじゃなく、蛇も含めて。

部屋の中にいたのは三人。

一人目はもちろん父さん、二人目は立派な口ひげを生やした筋骨隆々とした壮年の男性、三人目は蛇の魔物に成り下がった騎士の死体だ。

「よく来てくれた、ルーグ」

「父さん、良くご無事で……とはいかないみたいですね」

父さんは利き腕を失っていた。

肉の焦げた臭い。

おそらく時間がなかったからか、無理やり焼いて止血している。あれでは切り落とされた腕があったところで繋《つな》ぐことはできない。

「殺しが専門で、救出と護衛は不得手だということを忘れていてね。この様だよ」

その状態でも、いつものように涼やかに父は笑う。

その父とは対照的に、混乱し、怯《おび》え、小さくなっている壮年の男。

彼のことは知っている。

「まさか、あなたがまだ人のままだとは……ゲフィス公爵」

ノイシュの父、この領地の支配者。

一度だけ、会議の場で顔を合わせたことがある。

蛇魔族ミーナの立場からすれば、真っ先に蛇人間にして傀儡《かいらい》にするべき相手。

「どうして、どうして、こんなことに、ううう、ノイシュ、下賤《げせん》な血が混じっていても、息子だと認めてやったのに、我慢してやっていたのに、ううう」

頭を抱え、うわごとのようにノイシュに対する呪詛《じゅそ》を吐く。

父が彼の代弁をするかのように口を開き、人間のままの理由を説明する。

「蛇人間にするとどうしても、蛇としての特徴が出る。公爵ともなると、対外的な仕事が多い。蛇魔族ミーナとノイシュは、今日、この虐殺を決行するまでは秘密裡に動いていた。ゲフィス公爵は脅されて、ゲフィス領は何も起きてない、平和だと言わされ続けていたのだよ」

なるほど、外向けの交渉役は人間でないといけない。

だからこそ、ゲフィス公爵は人間のままで、脅されて使われた。

「いったい、いつから蛇魔族の手がこの街に？」

「正確にはわからないが、最低でも一月以上前には。徐々に中枢から汚染されていたようだ。ノイシュが寝返っていたのだ。防ぎようがない。加えて、ルーグのアラム教関連での騒動がいい目くらましにもなっていた」

ずいぶんと計画的な犯行だ。

……これ程大胆に動いて、俺の情報網もローマルングの諜報《ちょうほう》部隊をも欺くとは。

ノイシュという男を過小評価していたのかもしれない。

「それで、父さん。まさか、その男を救出させるために俺を呼んだのですか？」

「心外だ。私がそのような間抜けに見えるかね？　もう、この男の命などさほど価値がないというのに」

ゲフィス公爵がぎょっとした顔をした。

そう、公爵だろうと、今更、こいつがどうなったところで関係ないのだ。

蛇人間に成り下がった騎士たちに彼の言葉は意味をなさず、民衆からの信頼もとうに失っており声は届かず命令も出せない。

せいぜい、すべてが終わったあとに責任を被《かぶ》せて、見せしめにするぐらいにしか使い道がない。

「任務中であろうルーグをここに呼んだのは、伝えるべきことがあったからだ。今、勇者エポナと蛇魔族が戦っているのも、ゲフィス領での大量虐殺も、実は囮《おとり》なのだよ」

「……そういうことか。ノイシュは今、部隊を編制して、すでに別の街を狙っているのか」

「うむ、勇者エポナとルーグのことをずいぶんと警戒していた。騒ぎを起こせば、その二人をゲフィス領に釘付《くぎづ》けにできる。その間に他の街を襲い、【生命の実】を完成させる。

そして、その【生命の実】を蛇魔族へ届ければ、勇者を超える力を蛇魔族は得る。そういう筋書きだ。ならばこそ蛇魔族は時間稼ぎの守りの戦いに徹するだろうし、ルーグならば命令系統を辿《たど》ってその頂点にまでたどり着こうとする。そこまでノイシュは読んでいる。

しかし、街の指揮系統の頂点はノイシュではなく、元近衛騎士団の副団長ということらしい」

ぞっとする。

もし、父さんのサインを無視していれば、時間をかけて命令系統のトップにたどり着いた先がダミーで、途方にくれていただろう。

そして、ノイシュは別の街で虐殺を行い、【生命の実】を完成させて戻り、勇者エポナですら倒せない化け物が生まれる。

完全に詰みと言える状況だ。

「ですが、疑問があります。いったい、どうやってそれだけの軍勢を率いながら気付かれずに移動を」

「どうやら、蛇の魔物に作らせた地下トンネルがあるらしい」

そういえば、前に蛇魔族ミーナの別荘に蛇の魔物に乗って向かったことを思い出す。

あの巨大な蛇なら、トンネルを掘っていてもおかしくないし、大量の蛇人間を高速で輸送できる。

「ありがとう父さん。今ならノイシュに追いつける」

危なかった。

父さんがいてくれなければ、詰んでいた。

ただ、一つ気になることがある。

「どうやって、それだけの情報を」

「彼が教えてくれた」

父さんが指さしたのは三人目。蛇人間になった騎士の死体。

「彼は近衛騎士団長だった男だ。蛇人間になっても自我を保ち、支配され、操られながらも隙を窺っていた」

「内側の人間だから、情報を知っていたというわけですね」

「ああ、そして支配に抗《あらが》い、私に情報を伝え、主を頼むと言い死んだ。強制力に逆らううちに脳が焼け切れてしまったのだよ。まさに忠臣だ。私は、彼に報いるために、この男を助けた。それが彼が望んだ唯一の報酬だったのだ」

魔族の支配は生半可なものではない。

それに抗う。ましてや、脳が焼け切れる苦痛と恐怖に耐えて、主を守り切った。

他領の騎士であっても、その在り方は賞賛に値する。

「地下トンネルの入り口はここだ。それもまた彼が教えてくれたことだ」

「情報ありがとう。あとは俺に任せていい。それと、俺からも一つ頼みがある。死なないでくれ。俺はまだトウアハーデのすべてを背負うには青い。第一、母さんの再婚妨害なんて死んでもごめんだ」

「ふむ、そうか。では生き抜いて帰るしかあるまい。ルーグも死ぬなよ。おまえが死ねばエスリが泣く。ルーグだって、あの子たちを未亡人にするわけにはいかないだろう」

「そうだな」
それが最後の言葉だった。
俺は全速力で走りだす。
今からなら、ぎりぎりで間に合うはずだ。
本来なら負けていた勝負、それを父さんのおかげで振り出しに戻せた。
なら次は逆転だ。
ノイシュの虐殺を止め、【生命の実】など作らせない。

Episode16

第十六話　暗殺者は決断する

The world's best assassin, to reincarnate in a different world aristocrat

領主の屋敷、その真下に地下道はあった。

広く長い地下道を魔法を駆使して飛翔《ひしょう》する。魔法によって生み出した風の層で光を屈折させ、さらには熱と匂いを漏らさないよう隠密《おんみつ》用の魔法を重ね掛けした。

こちらの追跡を気取られないためだ。

（先手を取られ続けてきた。初めて、不意を打つ機会。このチャンス、逃しはしない）

蛇には振動を感知するタイプのものがいる。つまり地下道に足を付いた時点で見つかる。

そして、熱と目視、嗅覚。それらにも対応が必要。

これだけの隠密用魔法を使えば、移動速度は落ちてしまう。しかし、それ以上に気付かれないという利点を捨てたくない。

二十キロ進んだところで地上に出た。

高度を上げて、魔力の消耗が激しい隠密用の魔法を解除。【鶴革の袋】からハンググライダーを取り出す。

ある一定以上の高度まで上がれば振動感知はされない。

「ずいぶんわかりやすい」

トウアハーデの目に魔力を込めて視力を強化しつつ、上空から周囲を眺めているのだが、簡単に痕跡が見つかった。

巨大な蛇の魔物を移動に使っているせいで、その這《は》いずった跡がしっかりと大地に残っている。それこそ、上空からでもわかるぐらいに。

これであれば追跡が容易。

「本気で追いかけるか」

この高度なら隠密用に回していたリソースをすべて移動に割り振れる。

風魔法で空気抵抗を限界まで減らす形状のカウルを生成。さらに風を起こし背中を押して加速する。

爆発魔法なら数倍の速度が出るが、爆音で気付かれる。静音性を保つため音速を超えないように気を付ける。

いかに速く地を這いずろうと、空からの追跡からは逃れはしない。

（痕跡を見る限り、ここを通ったのは十五分ほど前。目的地は……この方角で【生命の実】を作る条件、一万人以上の魂、それを満たせるのはディストル領の大都市、ファリルだけか。間違いなく、目標はそこだ）

ファリルまではここから三十キロ。

急がなければ。

◇

三分後、ついにノイシュの軍勢を捉えた。

いつか俺たちを乗せて蛇魔族ミーナの屋敷に運んだ、巨大な蛇の魔物が十匹の大行進。

その蛇の魔物に蛇人間になった騎士がおおよそ十人ずつ、合計百人いる。

全員が当然のように魔力持ち。

百人もの魔力持ちの騎士を別動隊として運用できるなんてのはアルヴァン王国では、ゲフィス公爵家とローマルング公爵家ぐらいだろう。

トウアハーデなど分家すべての魔力持ちを集めたところで、三十人に届かない。

上空から監視しているが、こちらに気付かれた気配はない。

そのアドバンテージを活《い》かす。

蛇人間になった騎士たち一人一人が、近接戦闘能力なら俺に匹敵する力を持つと想定するべきだ。真正面から戦うのはただの自殺行為。

（死角からの超火力で殲滅《せんめつ》する）

心の中でネヴァンに詫《わ》びる。

伝言を伝える前にノイシュを殺してしまうかもしれない。

進行速度と方向から、十分後の到達地点を割り出す。

さらに頭に叩き込んだ地図を参照。

その周辺に村や集落はないことを確認。

これならばアレが使える。


「【神槍】」


魔法によって生み出された百キロのタングステンの槍が天に昇っていく。

威力だけであれば、俺の手持ちで最強の魔法。

タングステンの槍を、重力反転魔法で超超高度まで運び、あとは自由落下に任せ、圧倒的な運動エネルギーで対象を殲滅する。

前世では神の杖《つえ》と呼ばれ、衛星から質量兵器を射出することで実現可能となる核並みの威力を誇る通常兵器。

超重量の物質を宇宙まで運ぶコストが問題となり、試作のみで正式採用されなかった。

しかし、重力を反転するという魔法があるからこそ低燃費かつ超火力の必殺となる。

(欠点は、着弾まで十分以上かかる上、着弾地点を後から変更できないこと)

上空数千キロまで上り、落ちてくるまでに十分。

十分後の相手の位置を予想して放つ必要がある。まっとうな戦闘では直撃はまず不可能。

そして、狙いをつけるのも極めて難しい。

正確な環境情報の入手と、複雑かつ高度な計算が必要となる。

しかしそれも、魔法という反則と、人類最高峰の性能を誇るルーグの頭脳があれば可能。

ましてや、今回の相手は軍での移動であるが故に規律正しく一定のペースで足並みをそろえてくれている。

予測しやすいことこの上ない。

「【神槍】」

続けざまに【神槍】を放つ。

低燃費の魔術だからこそ、連射が利く。

「【神槍】」

また、新たなタングステンの槍が天に舞い上がる。

さらに追加で二本。

都合、五本を放った。

一発一発が戦略級の威力を誇る。

これであれば、あれだけの戦力でも殲滅できるだろう。

◇

空から追跡を継続している。巻き込まれないよう、【神槍】の予測軌道からかなり距離を取る。掠《かす》るどころか、余波ですら死にかねない。

【神槍】の着弾まで、あと十八秒。

眼下には、大蛇の魔物を駆る蛇人間となった騎士たち。

未だ、命の危機が迫っていることにまったく気づいていない。

そして、それは来た。

宇宙から飛来するタングステンの槍、あまりにも速いそれを目視することは敵《かな》わなかった。音もなく着弾。地面が爆発した。

数キロに亘って地面が抉《えぐ》れ、衝撃波によってそこにあったすべてが押《お》し退《の》けられる。

一発で地形が変わる。

そこに二発目、三発目、次々と着弾。

土砂が天に昇り、雲一つない晴天だと言うのに太陽が完全に隠れた。

さらには土砂の津波としか言いようがない異様な現象が引き起こされる。

半径十数キロがなかったことになる。

これが、【神槍】を集中砲火で運用した際の破壊力だ。

街一つ、消滅させられる。そういう類の力だ。

しばらく様子を見ていると、ようやく土埃《つちぼこり》で隠された太陽が顔を出した。

魔力を視認するトウアハーデの目でも、動く生物は何一つ見つけられない。

「命中……大蛇の魔物は全滅。蛇の騎士たちも」

あまりにも理不尽な破壊。

一人一人が俺と同等の力の保持者だったかもしれない、そんな騎士たちも、その力を振るう機会すら与えられず死ぬ。

ある意味、これこそが暗殺の究極系だと言えるだろう。

俺はハンググライダーから飛び降り、風の魔法でクッションを作り、着地。

【神槍】によって抉られた着弾地点を見下ろす。

底が見えない奈落。

モデルとなった神の杖、それは核のように環境を汚染しない、環境に優しい大量殺戮《さつりく》兵器だと言われている。

これだけの破壊を撒き散らかしてエコもなにもないと思わずにはいられない。

「ノイシュも死んだか」

死んだはずだ。

魔族と違い、その眷属《けんぞく》であれば不死身であるはずがない。

そして、形あるものがこの火力を喰《く》らって無事で済む道理はない。

これで任務完了。

――ではないようだ。反射的に引き抜いたナイフで首筋を守る。

黒銀の魔剣がナイフに衝突。タングステンという超硬度で出来ているナイフが半ば以上断たれた。

それを見届けながら、後ろ回し蹴り。

襲撃者が吹き飛ばされ、距離ができた。

……普通のナイフならナイフごと首を断たれていたか。

冷や汗がにじみ出る。

「ひどいじゃないかルーグくん。僕たちは友達だろう。これはあんまりだ」

「友達だからこそ、本気で殺そうとした。ノイシュ、もう終わりにしよう」

【神槍】の直撃を受けたはずのノイシュがそこに居た。

回避したわけではなさそうだ。鎧《よろい》も服もすべて消滅して、黒く輝く剣だけを手にしている。

何かしら、魔族の眷属になったときに能力を得たのだろう。

その能力、早めに正体を掴《つか》まないと足元を掬《すく》われるし、殺すことは叶わない。

……気になるのは、先日彼が見せた黒の魔剣ではなく、それよりも性能が低い魔剣を使っていること。今、彼が握っている黒銀の魔剣も素晴らしいが、あの漆黒を纏《まと》う魔剣のほうがよほど素晴らしいものだった。

あの黒の魔剣なら、俺のナイフを両断できていた。

そのあたりに彼の秘密が隠されていると見るべきだろう。

「ふっ、ルーグくんは勘違いしているよ。君は自分が正義の味方とでも思っているんだろう？」

それはまるで、道理を知らない子供を諭すようにどこまでも上から投げかけてくる言葉だった。

「正義の味方だとは思ったことがない。俺はただ、アルヴァン王国の利益になる行動をしているだけだ」

暗殺貴族の役割は国の病巣を切除すること。

たしかに、今まで切除してきた貴族たちは、麻薬の流通、人身売買、強盗、営利目的の殺人など、悪と呼ばれるものたちだろう。

だが、俺は自分を正義だと思ったことはない。

あくまで、暗殺貴族とは国益を守る道具に過ぎない。それ以上でもそれ以下でもない。

その結果として大事な人たちが笑ってくれればそれでいい。

「よく言うよ。【聖騎士】だの【聖人】だのさんざんおだてられておいて。褒められたくて、正義面したくて、でしゃばって魔族を倒してきたんだろう？　思えば、初めの躓きはそこだった。ルーグくんがいなければ、君が受けている賞賛は、僕のものだった」

「そうかもな。俺がいるから、勇者を王都に留め置けた。俺がいなければ、勇者が出向くしかなくなる。そうなれば、エポナの付き人であるノイシュが賞賛を受けていたかもしれない」

俺が褒められたくて頑張っているという部分には思うところはあるが、俺がノイシュの功績を奪っているというのは否定しない。

「でも、残念。ルーグくんのやってきたことは害悪だったんだ。僕こそが正義を為《な》す。僕だけしかできないことで。だから邪魔をしないでくれ。邪魔をするなら、僕は正義のために、友達を斬らないといけない」

「……正義か。その正義とやらを教えてもらっていいか」

「仕方がないな。僕が世界の真実と正義を教えてあげるよ」

仕方がないと言いつつも、話したくて話したくて仕方がないようだ。

俺も興味がある。

ノイシュが行った領民の虐殺。これから行うつもりだった他領の虐殺。

それがどう正義になるのか？

いったい蛇魔族ミーナに何を吹き込まれたか。

十中八九、ノイシュを利用するための嘘《うそ》だろう。しかし、その中に俺の知らない真実が紛れているような気がする。

そんな俺の内心に気付くことなく、ノイシュはまるで舞台の主人公になったかのように大げさな身振りで語り始める。

「そもそも魔族は、僕らの敵じゃなかったんだ」

「あれだけ人間を殺す魔族が？　俺たちの学園は破壊され、街が二つ滅びた……いや、ゲフィス領も含めると三つか。それでも、敵じゃないと言えるのか？」

「街がいくつ滅びようと、些細《ささい》なことだよ。魔族は世界を存続させるために必要な道具。増えすぎた魂の調整装置だったんだ！」

その話は、別のルートからも聞かされたことがある。

「世界に存在できる魂の数は決まっている。なのに、魂は増え続ける。人が死んでも、魂は消えずにまた巡る。だから、魔族たちは【生命の実】にして魂を減らすんだ」

筋は通っているように聞こえる。

人が死んだところで魂は天に還《かえ》り、漂白されてまた降りてくる。

しかし、【生命の実】の材料になれば話は別だ。輪廻《りんね》の輪から外れて消滅してしまう。

「ほう、面白いな。魂の数が決まっているという話だが、増え続ければどうなるんだ？」

「世界が崩壊するんだよ」

「なら、なぜ勇者がいるんだ？　魔族が調整装置だと言うなら、邪魔にしかならない勇者なんてシステムは必要ないはずだ」

「【生命の実】によって、選ばれた魔族が魔王に変わる。だが、魔王は魂を減らしすぎる。勇者は調整を終えた魔族や魔王を終わらせるためにある。勇者と魔王は対なんだ。ともに世界の存続のためにある」

「ずいぶん、回りくどいな。もっと直接的にやれそうなものだが」

そうは言うもののよくできている。

人間には殺せない強大な存在である魔族。それらが人間の数を減らす。

そうしていくうちに魔族たちの中で、誰が魔王になるかの競争が始まり、勝手に数を減らす。

最後はたった一人残った魔王を勇者が殺せばおしまい。

実にエコなシステムだ。

「僕もそう思った。ミーナ様はおっしゃった。これは人類に負荷を与えて、進化を促すシステムでもあるって。魔族という脅威、それに対抗するために人は、協力し、人類は一つになり、進化する。魔族との戦いのおかげで、どれだけ技術が進歩したか、ルーグくんにもわかるだろう？」

それは完全に初耳だ。

だが、矛盾はしていない。

軍事技術はもちろん、医療技術、流通技術、ありとあらゆる技術が人類の天敵である魔族に対抗するために進歩した。

前世でももっとも技術革新が起こるのは決まって戦争中だった。

そして、人類が一つになるというのも間違ってはいない。

魔族が暴れる中、人類同士で戦争するなんて暇はない。

魔族がいなければ、間違いなく人間同士の戦争が起きていただろう。今の国際情勢で大きな戦争が起こっていないほうがおかしいぐらいだ。

「だから、魔族様に協力したのか？　そのために自らの領民を差し出したのか？」

「ああ、とても胸が痛いよ。でも、誰かがやらないといけない！　やれるのは僕しかいない。僕だけが魔族を敵と決めつけず、交渉して、答えを得た。そこが君とは違う。魔族を殺し、排除すると決めつけてしまった君と僕との差だ。そんな僕だからこそできることがある」

「殺して終わりじゃないんだな」

「もちろんだとも。魔族が現れて人を【生命の実】にして、魔王が生まれて、勇者が殺して、そんなくだらないことを、人類はいったい何度繰り返した？　何千年こんな愚かなことを続けているんだ？　僕が、こんなふざけたことを終わらせる」

「そのような方法を教えてもらおうか」

ノイシュの言う通り、魔族が現れ、魔王が誕生し、勇者が討つ。こういった出来事が何度も繰り返されていることは歴史書でも確認している。まるで、終わらないワルツのように。

「ミーナ様を僕が無敵の魔王にするんだ。そして、これからはミーナ様は世界を征服し管理する。魂が増えすぎないようにね。人間を定期的に間引きする。その役目を僕と、僕が率いる騎士たちが行う。価値のない人間だけを殺して、素晴らしい人間を残す」

「なるほどなるほど。そうすればこれからは虐殺なんて起こらないな」

「いい考えだと思うだろう⁉　死ぬべき人間だけが死ぬ。この世界は無能ばかりだ。無能を間引くだけで数千年、繰り返されてきた悲劇が終わるんだよ。もう、勇者なんて必要ない。この僕こそが、世界を救う英雄だ！」

興奮を隠しきれていない。

勃起までしている。

気持ちよくて仕方がない。

神様にでもなった気分なのだろう。

「そうだ、ルーグくん。僕の部下にならないかい？」

「懐かしいな。学園を受験した日、同じことを言ったな。本当はうれしかったんだ。俺は男友達が少ないから」

今でも覚えている。

初めはいけ好かないやつだと思った。

だけど、少し話してみてわかった。

こいつは本気で、そして俺の力を認めて、だからこそ必要だと言ってくれたんだって。

「僕の気持ちは、そのときと変わらないよ。ルーグくんもミーナ様に魔物にしてもらって、二人でこの世界を良くしよう。僕は今までの君の無礼を許す。僕を見下していたことも忘れよう」

真っすぐな善意。

それこそが正しいと思っている。

ノイシュの決断に至った前提すべてが正しいのであれば、ある意味、それも一つの手だろう。

「いや、ノイシュは変わってしまった。残念だ。俺は一緒には歩けない」

ナイフを構える。

「僕と戦うのかい」

「いや、殺す」

それは俺の覚悟。

友人として戦うのではなく、暗殺貴族として、アルヴァン王国の病巣を切除する。
すでにノイシュは病巣と認定した。
そう、容赦も、慈悲も、同情もしない。
ただ殺す。
そう決めたのだ。

Episode17

第十七話　暗殺者は友を殺す

The world's best assassin, to reincarnate in a different world aristocrat

殺すと口にした。

もう後戻りはできないし、するつもりもない。

ノイシュをトウアハーデの瞳で観察する。

目に見えて魔力が膨らんでいくのがわかった。筋肉も攻撃の予備動作に入っている。完全なる戦闘態勢。

だというのに、ノイシュが俺に向ける顔はいつも通り、友人に向けるそれだった。

つまり、戦う心構えができていても、殺し合い以外の道を探っているということだ。

「僕を殺すと言ったね。ルーグくんは優秀だけど視野がせまい。これだけ説明してあげたのにアルヴァン王国のことしか考えられない。それが君の限界だよ。暗殺貴族」

「その肩書で俺を呼ぶのか」

今更、トウアハーデが暗殺貴族だと知られていることに驚きはしない。

ノイシュの主人である蛇魔族ミーナは国の中枢にまで食い込んでいるし、そもそも四大公爵家というのは王家に近すぎる。

表向き、トウアハーデの正体を知るものは王族と直接の上司であるローマルング公爵家のみとなっているが、それは建前に過ぎない。

「水臭いじゃないか、友達なのに。最後まで君の口から秘密を話してくれることはなかった」

「それが暗殺貴族トウアハーデの在り方であり、俺の矜持《きょうじ》だ」

「僕との友情より大事なものかい？」

「比べるべきものじゃない。仕事と私、どっちが大事なの？　なんて聞く女、どう思う？」

茶化《ちゃか》すように言う。

ノイシュとの会話に付き合うのは隙を作るための作業であると同時に、俺の中に最後の瞬間までの時間を引き延ばしたいという甘さがあったせいだ。

「あはははは、それは確かにうっとうしいね。まあ、それはそうと、君は僕を殺すと覚悟を決めたけど、僕はまだ諦めてないいんだ」

「俺もおまえみたいに、魔族に魂を売れと？」

「うん、そう言っているんだ。君だって頭ではわかっているんだろう？　魂の数を減らさなければ世界が滅びる。いくら魔族を倒して人々を守ってもなんの意味もないって。君が魔族を全部倒しちゃったとしても、すぐに次の魔族が現れるんじゃないかな？」

まるで駄々《だだ》をこねる子供をあやすようにノイシュは語りかけてくる。

「そうかもしれないな。今、襲われている人たちを救ったせいで世界が滅びれば元も子もない」

「君は暗殺貴族なんてやっているんだから、目先のことに囚《とら》われる危険性はわかっているだろう？　正義ごっこは止めて、僕のように助かるべき人が助かるようにするべきだ。それとも、今までのように魔族を倒して賞賛を浴びたいかい？」

「何度も言わせるな、俺は暗殺貴族だ。もとより、賞賛など求めていない。この国の影として、ただ国益のために刃を振るってきた」

英雄願望。

それは誰にでもある感情で俺も例外ではない。人間というのは自己顕示欲からは逃れられない。

だが、俺は世界を救うために転生させられた存在であり、アルヴァン王国の国益を守るための刃だ。

求めるのは賞賛ではなく、国益でなければならない。

俺はそうしてきた自負があり、それは自己顕示欲など上回る。

「なら、僕に協力するべきだ。特典もあるよ。犠牲者を選ぶ権利を君にもあげよう。僕らで間引く人間を選ぶ。選ぶ側になれば、君の大事な人たちを間引かないで済む。ああ、そうだ。そんなにアルヴァン王国のために刃を振るうことに誇りがあるなら、間引くのを国外の連中にしてやってもいいよ。君の大好きな国益が守れる」

魅力的な特権だ。

大事な故郷のトウアハーデ領を、商人として過ごした商業都市ムルテウを、何より大事な家族と恋人を守れる。

俺は博愛主義者じゃない。

誰の命でも平等なんて抜かすつもりもない。

もし、名も知らない誰かと、大事な人を天秤《てんびん》にかけろと言われれば、迷わず後者を選ぶだろう。

「どうしてもわからないことが一つある。俺は故郷のトウアハーデ領を愛している。だからこそ、今の提案に心が揺れた。おまえもそうだろう？　ゲフィス公爵家次期当主ノイシュ・ゲフィス。なのに、おまえはゲフィス領を生贄《いけにえ》として捧《ささ》げた。なぜ、そんなことができた？」

「ふっ、僕の覚悟だよ。これから僕は人間を間引いていく。そのためには、まず自分が痛みを知らないといけない。愛する領民を自ら裁いた僕だからこそ、世界のために死んでくれと言えるんだ」

強い意志を込めたまなざし。

悲しみを押し殺そうとして、隠しきれていない。

まるで、悲劇の主人公のよう。

美少年であるノイシュはとても絵になる。

ああ、なんて……。

「滑稽だ。あまりにも見苦しい」

思い浮かんだ言葉をそのまま口にすると、ノイシュのこめかみに血管が浮かび上がった。

「……いくら友人でも、言っていいことと悪いことがある。僕の覚悟を馬鹿にしないでもらいたい。僕がどれだけ苦しんで、悲しんで、この決断をしたかわかるかい!?　大事な領民を自分で殺すのがどれだけ辛《つら》いか、君に理解できるのか!?」

「自己犠牲のつもりだったのだろうが、的外れだ。痛みを負ったのはゲフィス領の領民たちだ」

「そうだ、痛みを背負ったのは我が領民だ、だから僕の胸はこんなにも苦しい！」

ノイシュが激昂《げきこう》する。

だが、俺は引かない。

同じ、次期領主だからこそ譲れないものがある。

「はっきり言おうか。おまえはただの人殺しだ……領民はおまえの持ち物じゃない。俺たち貴族の役割は国より貸し与えられた民と土地を守ること。その根本を間違えた。だから勝手に領民を殺しておいて、悲劇の主人公ぶることができる。繰り返そう、痛みを背負ったのはおまえじゃない。領民だ」

俺たち貴族は領民を導き、守り、豊かにすることで税という形で対価をもらう。貴族と領民というのは対等な立場だ。所有物じゃない。

「わかっているさ！　それでも僕は領民を捧げたんだ。痛みを強いる僕が、まず痛みを知るために」

ああ、残念だ。

ここまで言っても通じないのか。

「わかっていないから、加害者のくせに悲劇の主人公を気取れる……ゲフィス領の民は災難だ、おまえみたいな勘違い野郎が次期領主で。同情するよ」

「黙れ、黙れよ」

「黙らない。そもそも、どうしてそうも簡単に魔族の言う事を信じる。あれは人類の敵だ。嘘《うそ》かもしれない。魂の重みで世界が潰れるというのが正しいのか確かめたのか？」

俺はどんな情報もまず疑ってかかり、裏を取る。

裏稼業では、情報というのは黄金以上の価値があり、だからこそ偽物が出回る。

「黙れと言っているのがわからないのか！」

「黙らない。ノイシュは魔族に騙《だま》されて、世界を救うつもりで、領民を虐殺しただけかもしれないな」

「そんなはずはない、僕は、僕は、本当の英雄になったんだ。ルーグより、上に、僕が」

「いよいよ本音が出たな。世界を救うだの、自己犠牲だの、覚悟だの言って、ただ自己顕示欲を満たしたかっただけじゃないか。世界なんてどうでもいい、本当はただ俺より自分が下だということに耐えられなかったんだ」

「黙れえええええええええええええええええええええええええええ！」


ノイシュが激昂し、その右手を伸ばす。

伸ばした手が大蛇になり、銃弾以上のスピードで迫ってくる……しかし、次の瞬間にはノイシュの首が吹き飛び、伸ばされた大蛇の腕は力なく垂れ下がり俺に届くことはなかった。

死角からの狙撃によるものだ。

「悪いな。俺は暗殺貴族だ。こういうやり方しかできない」

ノイシュの生存を確認した段階で、迷彩を施した固定砲台をいくつか設置しておいた。

その固定砲台は魔法による遠隔操作が可能。

狙いをつけることはできないが、話術と立ち回りで射線に誘導することはできる。

魔族の力で強化され、【神槍】の爆撃で死なないような相手に真正面から戦うなど、ありえない。

俺は騎士ではなく、暗殺者だ、戦いに美学も誇りも礼節も持ち込まない。

ただ殺す。

とはいえ、首を落としただけでは安心しない。

「【銃撃】」

手持ちの銃を引き抜き、首を失ったノイシュの身体に全弾叩《たた》き込む。

新型の銃。

今日のために用意したものだ。いつもの銃では威力が心もとなかった。

世界最強の拳銃と呼ばれていた Pfeifer Zeliska をベースにして作り上げた愛用品に、さらなる改造を加えたもの。

Pfeifer Zeliska ……ハンドガンの役割である携帯性、機動性、小回り、それらを全て無視して大型化した超火力の拳銃。

使用する弾丸は、.600 Nitro Express 弾。

本来ならばライフルで使用される弾丸で、しかも象やバッファローなどの大型動物を仕留めるためで人間に使うものではない。

これに比べれば、高威力拳銃の代名詞であるデザートイーグルがおもちゃに思えてしまう。

そんな強力な弾丸をさらに強化してある。

前世の火薬よりも数段爆発力が高いファール石パウダーを使い、弾頭をより貫通力が強いタングステンに変えたのだ。

その反動は凄《すさ》まじく、魔力で身体能力を強化しなければ一発で肩がいかれるほどだ。

威力だけを求めた欠陥品。しかし、この威力が何物にも代えがたい。

「……悪いなノイシュ」

全弾撃ち尽くした。

ノイシュの身体は原形も残っていない。

この威力になると弾丸の着弾した周囲、数十センチが吹き飛ぶ。

それでも油断をしない。

周囲に、風属性の探知系の魔法を使いつつ、速やかに弾丸をリロード。

これで終わりだとは思えない。

この程度で終わるなら、【神槍】で殺せている。

ノイシュが【神槍】で死ななかった理由を解き明かせていないのだ。

「ちっ」

足の裏にわずかな震動を感じた。

探知魔法には何も反応がなかったが、それでも勘を信じて跳ぶ。

次の瞬間、先ほどまで立っていた場所から、白い蛇が弾丸のような勢いで突進してくる。

探知魔法に反応がないはずだ。風の探知魔法は地下までは範囲外。

躱《かわ》せない。

ガードしようと両腕で急所を庇《かば》う。

しかし、蛇は速度を落とさず軌道を変えて、ガードの下、腹部を強打する。

ボキッと鈍い音がする。

耐衝撃フレームの、過負荷が加われば折れることで衝撃を殺す機構が働いた証拠だ、それでも衝撃は殺しきれず吹き飛ばされる。

(勇者エポナの一撃と同格か)

この耐衝撃フレームはトラックの正面衝突にも耐えられる設計だというのに、一発でお釈迦《しゃか》だ。

これがなければ肋骨《ろっこつ》が粉砕され、臓器が潰されていた。修理しておいて正解だった。

着地し、受け身で衝撃を殺しつつ、さらに自分の意志で回転。

地下から蛇がもう一匹、いや二匹出てくる。左右からの挟撃に加え、正面からは最初の一匹。

迷わず後ろに跳び、さらに風で体を押すことで加速。

そのおかげで三方向からの同時攻撃がすべて正面のものになる。そのタイミングでファール石を投げた。

込める魔力を調整して作った指向性爆弾。

爆風と鉄片を正面に撒き散らかす。狙い通り、三匹の蛇を殺した。

風の魔法を使い浮遊する。

空なら地下からの不意打ちを受けることもない。

「ノイシュ、まだ生きているんだろう。出てきたらどうだ」

その言葉に応えるように、その男は地下から現れた。

「これで死なない人間がいるとは驚いたよ。君、本当は勇者じゃないのかい？」

「残念ながら、ただの人間だ。だから、少々の工夫はする」

現れたノイシュを観察する。

さきほどと装備が違っていた。

たしか、あれはゲフィス家の家宝と呼ばれた鎧《よろい》。

マーハが集めた神具の一覧に情報があった。百の戦場を越えても傷一つ付かなかったという逸話があるほどの名品。

そして、その腰にはいつの日か見た黒い魔剣。

さきほどまで性能の劣る黒銀の魔剣を使っていたのはそういうわけか。

「最初のノイシュは偽者か」

「偽者じゃないさ、君が殺した二人の僕はどちらも本物。ネタばらしをしようか。僕は三人目だ。蛇は再生と不死を司《つかさど》る。ミーナ様から特別な二匹の蛇を預かっていてね、その二匹は僕になってもらった。そのどれもが本物だよ。三人になった僕のうち、動けるのは一人だけ。一人が死ぬと、屋敷で眠っている僕が目覚めて、死んだ自分と場所ごと入れ替わる。すごい力だろう？」

蛇魔族ミーナから力をもらっているとは知っていたが、まさかここまで人間を辞めていたとは。

「その情報はもらすべきじゃなかった」

飛行のために纏っていた風を推進力に変えて急降下。

ノイシュの周囲の地面から、次々に蛇の魔物が現れる。

【神槍】の爆撃範囲外にいた個体が次々に集まってきているらしい。

そのうち三匹が投げ槍《やり》のように、空から近づく俺を迎撃する。

ノイシュごと蛇の魔物を巻き込む位置取りで、複数の指向性爆薬用に調整したファール石を投げつけて起爆。

爆風と鉄片が吹き荒れる。しかし、さきほどとは違い、破壊の渦を三匹ともが突き抜けてくる。

よくよく見ると、その鱗《うろこ》は金属の光沢を放っていた。

さきほどとは別の種類の魔物か。

「ちっ」

拳銃の速射で二匹は撃ち落とし、その反動を利用することで三匹目を回避、着地しつつ三匹目を地上で撃ち落とす。

（ファール石の爆発に耐えられても、一点突破の大口径弾なら効果があるというわけか）

ノイシュのほうに視線を向けると、土煙が晴れてきた。

槍のように突進してきた蛇よりも、数段大きな大蛇がとぐろを巻いてノイシュを守っていた。あれがファール石の指向性爆破を防いだらしい。

蛇にはいくつもの鉄片が突き刺さり、表面は焦げているが致命傷にはほど遠い。なんというタフネス。その蛇が体を持ち上げると内側からノイシュが現れる。

「やれやれ、物騒だね。もう僕は死んでも代わりがいないのに。ひどいや」

俺は、拳銃にアタッチメントのロングバレルをつけてライフルと化して四連続の狙撃をする。

そのすべてを集まってきた蛇たちが身代わりで受ける。

「無駄だよ。この子たちは僕の配下の中でも特別。オリハルコン並みに硬い鱗に守られている。そこからじゃ僕を殺せない……貴族らしく、騎士らしく、斬り合おうじゃないか。

ねえ、暗殺貴族」

ノイシュの突進。

速い、飛翔《ひしょう》の魔法を使う余裕なんてない。

指向性爆薬用のファール石を投げるが、起爆の臨界前にノイシュは駆け抜け、彼の背後で爆発。

ノイシュが黒の魔剣を抜き、突きを放つ。

回避はできない。

拳銃で受けると、あっけなく拳銃が砕けるが、その代償に時間は得た。

ノイシュのコメカミにハイキックを放つ。

俺のブーツは靴底と先端に金属が仕込んである。それは防具となり、武器になる。だからだろう、一度それを見せたネヴァンも同じものを作り、愛用するようになった。

全力の蹴り、その先端が金属であれば容易に頭蓋骨など砕ける。

インパクト音はまるで金属同士がぶつかったような音。よくよく見ると、ノイシュの肌には鱗がびっしりと敷き詰められていた。

構わず振り抜く、ダメージは与えられなかったが体勢は崩せた。

太ももに巻き付けていた大型ナイフで追い打ちをかけるが、ノイシュはそれを剣で受け、押し返す。

やはり、身体能力では魔族の力を受けたノイシュに勝てない。

距離を取らねば、しかし、俺の後退よりノイシュの踏み込みのほうが速い。距離が取れず、斬り合いが始まる。

「暗殺貴族の君が一番嫌がるのはこれだよね！」

荒い息をしながら、心底楽しそうにノイシュは剣閃をいくつも走らせる。

俺は無言でさばき続ける。

「超近距離、不意を衝く余地も、小細工する隙も、魔法に頼る暇もない。騎士の距離だ！」

俺は騎士としても腕を磨いてきたとはいえ、本職ではない。

この距離では、ノイシュに分があるのは否めない。

ノイシュの攻めは苛烈さをましていく。

以前のノイシュならば息が乱れ、隙を晒《さら》すようなペースなのに、その兆候はまったく見られない。

逆に最小限の動きと力でさばいている、圧倒的に消耗が少ないはずの俺のほうが追い詰められていく。

「騎士の距離で抗《あらが》うか暗殺者！　素晴らしい技術だよ」

この状況を打開しないといけないのにその糸口がつかめない。

身体能力に差がある相手に、この至近距離まで接近を許してしまったことが致命的。

いくら手札が多くても、使えないのでは宝の持ち腐れだ。

(強くて速くて巧《うま》い。どんな特殊能力よりも厄介だ)

一切の攻めを捨て、守りに専念することでなんとか凌《しの》ぐことだけはできる。

そして、うっとうしいことにノイシュは決めにこない。堅実に、間合いを取られないことだけを考えて消耗戦を挑んできている。

体力と身体能力に勝っているノイシュは、それで勝てると踏んでいるのだ。

その証拠に、いくら餌となる隙を見せても乗ってこない。

焦れて、決めにきてくれれば隙ができ、その隙があれば距離を作れるのに。

このままではやられる。

相手が博打《ばくち》を打たないなら、こちらから博打に打ってでるしかない。

「……ノイシュ、考え直せ」

「殺すと言ったくせに今更」

「今なら引き返せる」

「間に合わないさ。ここで止めたら、僕はただの反逆者で終わる。……さっき殺されて頭が冷えたんだけどさ、僕はミーナ様の言ったことが正しいかどうかなんてどうでもいいんだ。ミーナ様が世界征服をしたあとは、どうせそれが真実になる」

ノイシュに迷いはない。

どんな言葉も通じない。

（開き直ったというべきか）

いつの時代も真実は勝者がつくるもの。

勝者の言葉が真実になるというのは真理だ。

「だから、ルーグくん、僕のために死んでくれ」

ナイフが両断され、その勢いのままノイシュの黒い魔剣が顔の皮膚を裂く。

浅いが出血が激しい。

全力で後ろに跳ぶが先ほどと同じく簡単に距離を詰められる。

黒の魔剣は真っ向から受ければこうなるとわかっており、だからこそ、角度をつけて受け流していた。

しかし、疲れからくる対応の遅れがこの危機を作り、無理やりに距離を取ろうとした無様な跳躍がさらなる隙を作る……そう、ノイシュに思わせた。

これが博打。

あえて隙を作り、ノイシュに打ち込ませ隙を作る。

同じようなことは先ほどからしていた、しかし、ノイシュほどの剣士であれば偽の隙であると見抜かれてしまい、通用しなかった。

だから、本物の隙を作ってある。

事実として、次の一撃は絶対に躱せない。

ノイシュが選んだのは袈裟《けさ》斬りだった。

ずっと待っていた大振り。

黒の魔剣が俺の左肩に吸い込まれていく。

ノイシュの技量と黒の魔剣があわされば鎧だって両断するだろう。そんな一撃を横目で見ながら踏み込む。

「玉砕覚悟の芝居かい？　読んでいたよ」

ノイシュの鎧に金属質の輝きを放つ蛇が巻き付く。

ノイシュの刃が左肩に着弾。

……ディアとタルトのために作った人形遣いの魔族の糸で作った防刃服。それを俺も身に着けていた。

その強靱《きょうじん》な繊維が刃の侵入を防いでくれた。しかし、衝撃までは殺せない。鈍い音がして左肩が完全に砕ける。

激痛を堪えて、踏み込みの勢いのまま動かないはずの左手を魔力で無理やり動かし、真っすぐに拳を伸ばす、当然、遅く弱々しい。

「無駄だよ」

まともな攻撃ならそうだ。

ノイシュが纏《まと》う神具と魔物の二重防御を貫くなど到底不可能。

しかし、俺の左手には指向性爆薬になるよう調整されたファール石が握られていた。

拳を開くと同時にファール石が臨界を迎え、その力が炸裂《さくれつ》する。どうせ壊れた腕なら、この場で使い捨てる。

ノイシュと俺が反対方向に弾《はじ》き飛ばされる。

指向性爆薬とはいえ、ゼロ距離で放てばこちらも無事ではすまない。

左手の肘から先に重度の火傷《やけど》。

さらに複雑骨折。肩もノイシュの一撃で砕かれている。

いくら【超回復】があるからと言って、ここまで壊れた左腕は放っておいて治る傷ではない。

この戦いでは使い物にならない。

だが、距離は作れ、ダメージも与えられた。

神具クラスの鎧だろうが、鱗だろうが、至近距離の爆風だ。熱は全身を焼き、音と衝撃波は感覚器官を蹂躙《じゅうりん》する。

(左腕を犠牲にした甲斐《かい》はあった)

立ち上がり、ノイシュを睨《にら》みつける。

彼の目は焼かれ、鼻は爛《ただ》れ、耳は鼓膜が破れている。

左腕を代償に、ありとあらゆる武器を使う時間、そして次の一撃を確実に当てられるほどの隙を手に入れた。

そして、これが最初で最後のチャンス。

二度目は通じない。

(神具の鎧《よろい》と鱗の防御、その両方を貫くだけの火力が必要)

最高火力である【神槍】であればそれは可能だろう。

だが、あれは着弾まで十分以上かかる。

次点で威力があるレールガンも発射までに数十秒はかかる。

ノイシュの焼けた顔がみるみるうちに回復していく。

遠からず、五感を取り戻す。

即座に使える大火力がいる。

指向性爆薬型のファール石では話にならない。【一斉砲撃】でも火力が足りない。

だから、アレを使う。

(ヒントは、ディアが地中竜魔族に放った一撃にあった)

何十ものファール石、それを使った攻撃。

ただ漠然と放つのではなく、敵を中心に置き、無数の爆破を起こし、その衝撃が一点に集中する立体的な配置を行った上での、圧殺。

それを利用した兵器を、転生前の世界ではクラスター爆弾と呼んだ。

本来、入念な計算をした上で精緻な魔法をくみ上げなければならないそれをシステム化した。

そして、それは魔法だけでは完結しない。専用の兵器と併せて運用する。

「【クラスター爆撃】」

【鶴革の袋】から、【クラスター爆撃】という名の魔法のためだけに作り上げた兵器を取り出し投擲《とうてき》する。

それはヤシの実のような形をしており、鉄の被膜の中には緩衝材と火薬、さらに二十もの特殊な小型ファール石が搭載されていた。

それが魔法によって標的の頭上に運ばれ、一度目の爆発を起こす。

一度目の爆発の正体はファール石ではなくただの黒色火薬、それも極めて低威力に調整したものだ。

鉄の被膜が破れ、中のファール石が散らばり、ノイシュを囲む配置で空中に静止する。

爆発の威力すべてを中心に集中させる理想の配置だ。

小型ファール石すべてが臨界状態になり……まったくの同時に、コンマ一秒の誤差もなく爆発。

ノイシュが居た空間に、逃げ場を失った衝撃と熱が超密度でとどまり、太陽のような巨大な炎熱球となった。大地が刳りぬかれ、断面は鏡面のように輝いている。

「これが、ディアの高度な演算をシステム化し兵器化した、実戦で使用可能な最高火力……【クラスター爆撃】だ」

クラスター爆撃の原理はシンプルだ。

爆発というのは、衝撃波と熱が放射状に広がるものだ。

対象に対して与えられる衝撃や熱は全体量の数十分の一に過ぎない。

だが、無数の小型爆弾を用い、対象を囲むように起爆させればどうなるか？

対象に全方位から同時に熱と衝撃が包み込むように襲いかかり、押しつぶす。ただ爆弾をばらまいたときと比べ、威力は八倍以上。それも、ファール石を二十個も使った上での八倍だ。

これに耐えられる生物など、存在するはずがない。

「悪いな、殺したくはなかった。だが、殺すと決めた」

もし、ノイシュがミーナに吹き込まれた言葉が正しかったとしても、人類の間引きなんて手は使わない。それには致命的な欠陥がある。

ほかの方法を探して見せる。

【神槍】に耐えられたのは身代わりの存在のおかげらしいが、ノイシュの言葉を信じるならば、身代わりの数は二つ。

これで殺しきった。

俺はゆっくりと息を整え、装備を収納し……。

「がはっ」

そんな俺の胸から黒い魔剣が生えていた。

「馬鹿だね、信じたのかい？　本当の身代わりは三体いたんだよ。君のずるさを真似《まね》させてもらったんだ。三人って言っておけば、三人目を殺すときに油断すると思って。じゃなきゃ、こんな大事なこと、言うはずないよね」

ノイシュが背後にいた。

なるほど、あれだけ簡単にネタばらししたのは、万が一殺されたときに隙を衝くためか。

「やっぱりな」

俺は、いや、俺の幻影は笑う。

俺の姿が歪《ゆが》み、溶ける。そして、ただの金属塊になった。

「なんだ、これは、剣が、抜けなっ」

剣を力ずくで引き抜こうとするノイシュ、その足元から鉄杭《てっくい》が伸び檻《おり》となる。

彼は気付くべきだった。ノイシュに対して、魔族の言葉を真に受ける愚かさを説いた俺が、敵の情報を真に受けるなんてことはありえないことに。

初めから、疑っていたし、対策もしていた。

三人目を殺した隙を衝くなど、真っ先に疑うべきことであり、そこに罠《わな》を張った。

ノイシュを殺すと同時に、土煙の中で金属人形を作り出し、距離を取り、遠くから光の屈折を利用した魔法で俺の姿を投影していた。

そこに真の切り札が舞い降りる。

はるか天空からの神の槍。

それこそが、俺の切り札。【神槍】グングニル。

動く敵に当てられなくとも、デコイを用意し、そこに落とすことは容易だ。

これは保険だった。

無駄になればなったでいいと考えていた。

音速の数十倍に達した神の槍が着弾。

着弾地を中心に、土の津波が広がり、数百メートルもの巨穴を穿《うが》つ。

「不意打ち、騙《だま》し合いは暗殺者の領分だ。そんなことわかっていただろうに……ノイシュ、おまえには俺が見えなくなっていたんだ」

今度こそ、本当にノイシュは死んだ。

彼は間違えた。

騎士として戦っていれば、自分の土俵で戦っていればこんな負け方はしなかっただろう。

いや、彼が間違えたのは、蛇魔族ミーナの力に手を伸ばしたところからで、俺のせいだ。

ノイシュがミーナにつけ込まれたのは俺に対する劣等感が引き金だったのだから。
「涙か」
そんなもの、俺に流す資格はないのに。
涙を拭う。
まだ、やらないといけないことが残っている。
友を殺してまで、やると決めたことだ。
ここで立ち止まることなど許されないし、俺自身が許さない。
痛む体を引きずり、俺は歩き始めた。

エピローグ

Epilogue

The world's best assassin, to reincarnate in a different world aristocrat

それから、ありとあらゆる探知魔法、解析魔法を使って周囲を探り、ノイシュ生存の可能性を潰してからゲフィス領に戻った。

エポナは無事、蛇魔族ミーナを大都市ゲイルから引き離すことに成功しており、今も街から離れた場所で戦っている。

そして、ゲフィス領に駆け付けたローマルング公爵家の精鋭魔法騎士たちによって、街を支配する魔物と蛇人間の掃討は終わり、街は救われていた。

その精鋭魔法騎士たちにディアとタルトが同行して活躍したらしい。

ゲフィス領の騎士たちが魔物に変えられ操られているにも拘《かか》わらず、短期間で制圧できたのは、戦力のほとんどをノイシュが引き連れて行ったからこそだろう。

俺は騎士団によって設置された作戦本部に、魔物と化したノイシュが何をしようとしていたかを伝え、さらに彼とその配下を殺したことを報告してから救護室を借りる。

「左腕の処置をしないとな」

戦闘の中でノイシュの隙を作るため犠牲にした左手がひどく痛む。

【超回復】はあくまで自然治癒力の向上でしかなく、放っておいて治る傷しか治らない。

ノイシュの剣を受けた左肩の単純骨折は問題なく治るだろうが、ファール石の反動による重度の火傷《やけど》と複雑骨折は相応の処置をしないと絶対に治らない。

救護室だけあって、医者はいるのだが自分でやるのが一番いい。

トウアハーデの医療術を使いこなす俺以上に優れた医者はここにはいない。

覚悟を決めて、神具である第三の腕を展開、砕けた骨の摘出を行ったのち、残った骨を金属魔術を駆使して補強し成形、さらには火傷で死んだ皮膚細胞を引きはがし、生きた皮膚を別の場所からはがし貼り付けていく。

ここまですれば【超回復】で治るだろう。

魔法と【超回復】があれば、こういう無茶《むちゃ》もできる。

一通りの処置が終わったあとは、特別なテープでくるみ、骨折箇所を固定するように金属を生み出して作ったギプスで固めて保護をする。

おそらく、三日もすれば……【超回復】の効果で治るだろう。

完全に元通りとはいかないだろうが。

「ルーグ、大怪我《おおけが》したって聞いたよ！」

「大丈夫ですか、ルーグ様！」

救護室に、泥と埃《ほこり》にまみれたディアとタルトが息を切らして駆けこんでくる。

「心配しないでいい。左腕だけで済んだし、処置も終わった」

「良かったよ、だってここについたら、ルーグがすごい大怪我をしたって、みんなが騒いでいるんだもん。心配したんだからね」

「やっぱり、私も一緒にいるべきでした」

ディアが抱き着いてきて、タルトが涙目になっている。

そんな彼女たちを見ていると張りつめていた心が少しだけ緩んだ。

「心配したのは俺も同じだ。ここにいる騎士たちは強かっただろう？　二人とも無事で良かった」

「私たちより、ルーグだよ」

「そうです。あとはみんなに任せて安静にしてください」

立ち上がろうとした俺を、二人がベッドに押し倒す。

「……放してくれ。一時間も休めばここを出る。準備がしたい」

「そんな体で何をするつもりかな？」

「エポナの加勢だ。まだ、蛇魔族と戦っているようだ」

勇者エポナの戦いは、まるで自然災害。

かなり遠く離れているのに、今も戦いが続いていることが、音、光、熱でこの街まで伝わってくる。

そして、そんな災害クラスの戦いだからこそ、たとえ精鋭たちでも加勢できない。

【生命の実】を得た蛇魔族ミーナの力は、あのエポナと同等のようだ。

俺だけでは勝てない。だが、エポナに加勢することで天秤《てんびん》を傾けることはできるはずだ。

「無茶だよ！　エポナを信じて、じっとしていて。今のルーグじゃ足手まといってわかってる？」

「そうです。いくらルーグ様でも、その壊れた左腕はすぐに治らないですよね？　それに体力も魔力も使い果たしているの、わかります」

二人とも心底、俺のことを案じてくれている。

そして、分析も的確だ。

「だから、あと一時間休む。それだけあれば、最低限、傷はふさがり、体力と魔力は癒える」

骨は繋《つな》がらなくともギプスで固定すれば悪化しないし、最低限貼り付けた皮膚が定着することで傷の表面はふさがり、火傷の激痛も治まるだろう。

「どうしても行くんだね。そういう顔してる」

「ノイシュがやろうとしていたことが正しいのか、ただ騙《だま》されていただけなのかを確かめたい。……なにより俺自身がミーナを許せない」

ノイシュを殺したのは俺の罪。

だが、そうさせたのは奴《やつ》だ。

「わかったよ。その代わり、私たちも行くからね」

「今の私たちなら邪魔にならないはずです」

「わかっているのか？　エポナと、魔王に近づいた魔族の戦いだ。おまえたちでも危うい」

「怖いよ。でも、覚悟はしたから」

「二人でルーグ様の左腕分の働きをして見せます」

二人の眼《め》を見て確信した。

どれだけ言葉を重ねようとも、何があっても二人は俺を一人で行かせない。

もし、一人で行けば勝手に追いかけてくる。

そっちのほうがよっぽど危険だ。

いや、もっといい方法があるか。

「……ディア、タルト、なんで構えているんだ」

二人は明らかに俺を警戒して、攻撃に備えていた。

とくに顎への一撃に備えている。

隙がない。

少なくとも、今の、左腕が使えず消耗しきった俺では返り討ちにあうだろう。

「だって、こういうときのルーグって、私たちを気絶させてから出発しようとか考えるもん」

「ディア様と同じ意見です。ルーグ様って、一撃で脳を揺らしてきますからね。三時間は立てなくなります」

「うんうん、あの、顎をぐいってしたら、ぐわんぐわんして倒れちゃうやつ怖いよね」

読まれたか。

以前に、同じ手を使ったのは失敗だったようだ。

「負けた。三人で行こう」

「素直でよろしい」

「では、装備を整えてきます」

タルトが駆け足で出ていき、ディアが俺のいるベッドに腰かける。タルトだけが準備に出かけたのは、ディアを監視として残すためだ。

すべてを諦めて、俺は袖机に置いてあるポーチから特殊な栄養ドリンクをがぶ飲みし、保存食を平らげた。

それから横になる。

少しでも体調を万全に近づけるために眠ることにした。

ディアが俺の頭を撫《な》でる。

「なんのつもりだ」

「なんとなく、ルーグが悲しそうだから。気づいてる？　泣きそうな顔してるよ」

「友人を殺したんだ。悲しいに決まっている。覚悟を決めて、殺すしかないと判断した上でそうした。もっと割り切れると思っていたが……そうはならないらしい」

前世で友人殺しなど何度も繰り返した。

組織の命で、裏切りものを何人も殺してきたのだ。

それが当然だと悩みもしないし、悲しみもしなかった。

ただ、愚かだと吐き捨てて刃を振るった。

今の俺にはそれがどうしてもできない。

「悲しくて当然だよ。ルーグ、がんばったね」

ディアが再び頭を撫でる。

少しだけ、悲しみが和らいだ気がして、そして悲しみが和らいだことに罪悪感を覚えた。

「今はお休み。私がこうしていてあげるから」

「……ありがとう。甘えさせてくれ」

俺はディアの体温を感じたまま目を瞑《つぶ》る。

蛇魔族ミーナ、奴から必ずすべてを聞き出そう。

そして、殺す。

それは暗殺貴族として、この国の病巣を切除する行為であると同時に……俺の極めて個人的な殺意によるものだ。

あとがき

『世界最高の暗殺者、異世界貴族に転生する7』を読んでいただき、ありがとうございました。

著者の『月夜《つきよ》　涙《るい》』です。

七巻では、彼との戦いがメインになります。ルーグの感情に注目しながら読んでいただけると幸いです。今までのどの巻よりもルーグが人間らしさを見せるお話です。

話が変わりますが、アニメが大人気（誇張なし）で、無事放送が終了しましたね。ここまでの反響があるのは驚きです。その先の展開ができるよう、小説も含めていろいろと頑張っていきます。

みんな、本当に応援ありがとう！　見てない人は各配信サイトで見られると思うので是非見てください。

問題は、作者が壊れ気味なところ。アニメ放映中ぐらいに鬱って、薬を処方してもらっていい感じに回復傾向に。

しかし、アニメが終わって、しばらくした頃に、医者から「治ってきたから薬を弱いのに変える」と指示があったのです。それが罠《わな》だった。

薬を弱くした途端、メール、SNS、もろもろ他者の意見が怖くて見られなくなりました。

段階的に薬を弱くしたおかげで今は完治して（医者のお墨付き）。薬が不要になりました！

そのことには感謝しつつも回復中の期間に、メールやSNSを見なかったのでやばいことに。

おかげで、仕事関係者とはこの一年ですっかり疎遠になってしまいました。

ただ、前述の通り身体は少しずつ快方に向かっていますので、これからはまた元気に執筆活動出来るよう頑張ります！

謝辞

れい亜《あ》先生、いつも素敵なイラストありがとうございます！

角川スニーカー文庫編集部と関係者の皆様。デザインを担当して頂いた阿閉高尚様、ここまで読んでくださった読者様にたくさんの感謝を！　ありがとうございました。

世界最高の暗殺者、異世界貴族に転生する7
SEKAI SAIKO NO
ANNSATSUSYA
ISEKAI KIZOKU
TENNSEI SURU
((今… あなたの脳内に
直接語りかけています…。
アニメ暗殺貴族を観るのです…。
超カッコイイからっ…! ホント…!))
キャラデザも
カワイイ!!

世界最高《せかいさいこう》の暗殺者《あんさつしゃ》、異世界《いせかい》貴族《きぞく》に転生《てんせい》する７

著　月夜《つきよ》　涙《るい》

角川スニーカー文庫　22729

2022年８月１日　初版発行

発行者　青柳昌行

発　行　株式会社KADOKAWA
〒102-8177 東京都千代田区富士見2-13-3
電話　0570-002-301（ナビダイヤル）

印刷所　株式会社暁印刷
製本所　本間製本株式会社

※本書の無断複製（コピー、スキャン、デジタル化等）並びに無断複製物の譲渡および配信は、著作権法上での例外を除き禁じられています。また、本書を代行業者等の第三者に依頼して複製する行為は、たとえ個人や家庭内での利用であっても一切認められておりません。

※定価はカバーに表示してあります。

●お問い合わせ
https://www.kadokawa.co.jp/（「お問い合わせ」へお進みください）
※内容によっては、お答えできない場合があります。
※サポートは日本国内のみとさせていただきます。
※Japanese text only

©Rui Tsukiyo, Reia 2022

Printed in Japan　ISBN 978-4-04-111501-5　C0193

★ご意見、ご感想をお送りください★
〒102-8177 東京都千代田区富士見 2-13-3
株式会社KADOKAWA　角川スニーカー文庫編集部気付
「月夜 涙」先生「れい亜」先生

読者アンケート実施中!!

ご回答いただいた方の中から抽選で毎月10名様に「Amazonギフトコード1000円券」をプレゼント!

■ 二次元コードもしくはURLよりアクセスし、パスワードを入力してご回答ください。

https://kdq.jp/sneaker　パスワード　**n27uy**

●注意事項
※当選者の発表は賞品の発送をもって代えさせていただきます。※アンケートにご回答いただける期間は、対象商品の初版(第1刷)発行日より1年間です。※アンケートプレゼントは、都合により予告なく中止または内容が変更されることがあります。※一部対応していない機種があります。※本アンケートに関連して発生する通信費はお客様のご負担になります。

[スニーカー文庫公式サイト] ザ・スニーカーWEB　https://sneakerbunko.jp/

角川文庫発刊に際して

角川源義

第二次世界大戦の敗北は、軍事力の敗北であった以上に、私たちの若い文化力の敗退であった。私たちの文化が戦争に対して如何に無力であり、単なるあだ花に過ぎなかったかを、私たちは身を以て体験し痛感した。西洋近代文化の摂取にとって、明治以後八十年の歳月は決して短かすぎたとは言えない。にもかかわらず、近代文化の伝統を確立し、自由な批判と柔軟な良識に富む文化層として自らを形成することに私たちは失敗して来た。そしてこれは、各層への文化の普及滲透を任務とする出版人の責任でもあった。

一九四五年以来、私たちは再び振出しに戻り、第一歩から踏み出すことを余儀なくされた。これは大きな不幸ではあるが、反面、これまでの混沌・未熟・歪曲の中にあった我が国の文化に秩序と確たる基礎を齎らすためには絶好の機会でもある。角川書店は、このような祖国の文化的危機にあたり、微力をも顧みず再建の礎石たるべき抱負と決意とをもって出発したが、ここに創立以来の念願を果すべく角川文庫を発刊する。これまで刊行されたあらゆる全集叢書文庫類の長所と短所とを検討し、古今東西の不朽の典籍を、良心的編集のもとに、廉価に、そして書架にふさわしい美本として、多くのひとびとに提供しようとする。しかし私たちは徒らに百科全書的な知識のジレッタントを作ることを目的とせず、あくまで祖国の文化に秩序と再建への道を示し、この文庫を角川書店の栄ある事業として、今後永久に継続発展せしめ、学芸と教養との殿堂として大成せんことを期したい。多くの読書子の愛情ある忠言と支持とによって、この希望と抱負とを完遂せしめられんことを願う。

一九四九年五月三日